U0609628

# 逐光而居

张芸 著

天津出版传媒集团

百花文艺出版社

图书在版编目（CIP）数据

逐光而居 / 张芸著. -- 天津 : 百花文艺出版社，
2024.2
ISBN 978-7-5306-8761-1

Ⅰ. ①逐… Ⅱ. ①张… Ⅲ. ①长篇小说－中国－当代
Ⅳ. ① I247.5

中国国家版本馆 CIP 数据核字（2024）第 046697 号

# 逐光而居
**ZHU GUANG ER JU**

张芸　著

**出 版 人**：薛印胜
**责任编辑**：李　爽
**装帧设计**：吴梦涵
**出版发行**：百花文艺出版社
**地址**：天津市和平区西康路 35 号　　**邮编**：300051
**电话传真**：+86-22-23332651（发行部）
　　　　　　+86-22-23332656（总编室）
　　　　　　+86-22-23332478（邮购部）
**网址**：http://www.baihuawenyi.com
**印刷**：三河市华东印刷有限公司
**开本**：880 毫米×1230 毫米　1/32
**字数**：151 千字
**印张**：7
**版次**：2024 年 2 月第 1 版
**印次**：2024 年 2 月第 1 次印刷
**定价**：48.00 元

如有印装质量问题，请与三河市华东印刷有限公司联系调换
地址：三河市燕郊冶金路口南马起乏村西
电话：19931677990　邮编：065201

版权所有　侵权必究

# 目 录
CONTENTS

引 言

人总是在看尽世间繁华之后开始怀念袅袅炊烟，人生就是这样不断前进又不断回头的过程，离终点越近的人越挂念起点。家作为人的集合地，彼此间的原则、性格、思想不断磨合，自然而然会形成一种风气。这种风气即是家风，在其长期发展过程中，不断延续的家庭气质和价值取向，铸就了我们一代又一代。古语讲，清白家风不染尘，冰霜气骨玉精神。经历五千年传承后，家风成了美德与和谐的结合体，是让我们个人变得越来越优秀、让家庭变得更和睦、让国家变得更富强的法宝。家风，不仅是道德教化，更是一种精神力量。

这就是光，心光。有光才明亮。这光也许就是一个欣赏的眼神、一个鼓励的手势或一个轻轻的拥抱，有如种下了种子，静静等待丰收。郑板桥曾说："新竹高于旧竹枝，全凭老干为扶持。"新生的竹子能够超过旧有的竹子，完全是凭仗老竹的催生与滋养。这就是生命的存在，就是家庭的存在。世间万物此消彼长、彼灭此生，代代繁衍生息。让家风这束光照亮我们人生之路，让一束束光线如无言的教诲，指引我们的前进方向。这可能就是传承的意义——长大后我就成了你……

命运进入不同的隧道就会有不同的生活。随着环境、岁月的轮转，人与人距离远了，但即使很多年没有见面，心仍在一起。他们有艰难的岁月，也有快乐的时光，哪种活法都是对的，都给这个世界创造了无限的可能。在这个故事中，嫣然的太爷爷从农村老家搬入了城市，只有识字文化水平的奶奶也进入了新时代，大城市中心城区的改造凸显了改革开放后的变化，投身祖国边陲工作的"两双小筷子"也见证了祖国的日益强大。每个人都是自己生命的主人，他们的过往告诉我们：不管生长在什么年代，无论环境有多么艰苦，日迈月征，朝暮轮转，生命和家庭都有一个共同的特点——向阳而生，逐光而居。

英　娘

嫣然刚吃了一口饭，电话铃就响了，一看来电显示又是母亲。她一上来便说："妈，您又打错电话了？我们刚刚聊完啊。"每天晚七点，嫣然会准时接到母亲电话，听完母亲一天的养老院生活后，她再去做饭。

电话那头却传来养老院保姆小慧急促的声音："姐姐，老太太摔着了！"

"严重吗？"

小慧说："左脸撞地上了有些肿，我给抹了油，其他地方我都仔细看了，没有摔着。"

嫣然揪着的心稍微缓和了些，耐着性子说："注意观察一下，有情况及时给我打电话。"她心想，现在是流感高发期，怎么这时摔着了，不然早开车飞奔接母亲去医院了，反正嫣然早就习惯了。

嫣然看着眼前母亲年轻时的照片难过，一时忘记了做饭，思绪一下子回到四十多年前。据说母亲英娘年轻时是个十足的大美女，是单位里的厂花，追求她的人挺多。小姑梦忠常说："你妈年轻时高高的个头儿，梳着两条过了屁股的粗麻花大黑辫子，高鼻梁、大眼睛，站在人堆里特显眼，我老羡慕了。"嫣然小时候听到别人对母亲的印象应该是这样的：英娘长相漂亮，平衡能力差，不会骑自行车，经常背着装有孩子尿布、奶瓶的大布包，怀里抱着瘦小的孩子，早上七点半，晚上十点，穿梭在12路公交车倒18路公交车的路上，怀里的小女孩经常哭声不断，很难哄。小嫣然不喜欢去托儿所，也不喜欢奔波辗转，但很享受妈妈抱着她一路倒几辆公交车的过程，每到晚上回家进入楼群，还能听到优美的笛声；再长大些，等公交的间隙，她能吃上三角形报纸包裹的花生米；汽车越拥挤她越高兴，妈妈双手抱着她不用扶着就能稳稳地站住了……

手机铃声打断回忆，保姆小慧的急促声传来："姐姐，老太太说腿疼。"

嫣然说道："看看浑身有红肿的地方吗？从肩膀到脚都仔细看一遍，半小时后我们再通电话。"她下意识地看了一下表，指针正好指向晚上八点钟。门铃声响起，丈夫冰城与上高中的儿子回来了。嫣然马上开始做饭，鸡蛋、西红柿、鸡丁、辣子迅速切成了该有的模样，经过油锅一通翻炒，红、黄、绿色彩椒与白色鸡丁装入红色烧烤盘中，立刻让儿子味蕾打开，连盛了两碗面条一起倒入胃里。儿子说："妈炒的菜太好吃了，今天又吃多了。"儿子是被英娘从小一手带大的，只要儿子说要，不管多贵的东西英娘也给外孙买。现在这个一米七八的大外孙抱姥姥上下车跟玩一样。

晚八点半，嫣然与小慧、英娘又通了电话，大概内容就是英娘浑身无红肿，但她说腿疼。嫣然与母亲说好明天去养老院看她，目前先观察，明天如有情况就去医院。

冰城催促嫣然："快吃饭吧，已经九点了，明天还得早起去看妈呢！"

嫣然说："已经饱了，根本不饿。说我妈脸有点肿，我怎么也想不明白、想不通，是腿先着地，还是肩膀？唉，上次一摔就把胳膊摔断了，这次不知是摔哪儿了，说浑身无红肿，也没有明显疼痛点，也许真的哪儿也没事呢！医保卡在我妹那儿了，我得给潜然打电话。"

嫣然与妹妹潜然的电话又打了二十分钟，她依然还没吃饭。冰城很少能正点回家，尤其在流感高发期间，医院里经常加班。冰城听着两姐妹通话有些着急了。他不停地催促嫣然："人是铁，饭是钢，快吃饭吧！也许妈真的没事，跟我妈前两天一样呢！"

只听嫣然说："你妈是大年三十叫120去的医院，今天还没出正月呢，我妈又摔着了。烦！真烦！！"

壹

七年前，嫣然父亲因心梗突然去世，吓坏了已经半身不遂的英娘。英娘漂亮，一辈子爱美更爱干净，天天洗衣服，更爱洗自己。她还经常自夸："我年轻的时候洗完头发就出门，冬天卷花的头发经常会带着冰碴儿，可好看了。"英娘更爱买衣服，衣柜里每个月都有新衣服。问她为什么又买呢，她会唉声叹气地说："我又胖了，原来的衣服扣不上扣子了。"一年四季的大鬈发，大衣裙子好多件。等到嫣然长大了，英娘嘱咐嫣然："买衣服不要图便宜，买一件是一件。宁吃仙桃一口，不吃烂桃一筐。"

英娘爱干净，年轻时每天都洗衣服，即使做了自己最爱吃的烧鱼，她也得洗衣服，说有腥味。也许一天都听不到她说话的声音，但只要她在家一定会传出搓衣板的嘎吱声，院子里挂满了大人、孩子、老人的衣服。大家知道她的心也一样干净，她从没有想过如何对付婆婆和小姑子，自己为什么还要给公公的父亲洗衣服，如何在四世同堂的大家庭中少干活儿、算计一下自己的小家，多省下点钱。她更没有想过在单位怎么能换个更好的岗位，让自己更有光彩。好像她的世界里只有好看和干净的衣服，也只有心宽、安享清福的女人才会有如此这般心境吧。

嫣然小时候的记忆一直停留在英娘单位的托儿所。嫣然从小爱哭，只要有一点不合意，她就玩命地哭。哭声尖厉且不停，英娘管不了。而且嫣然的哭声很有传染力，托儿所的婴儿床一张挨着一张，嫣然的哭声足以带动整个班的孩子一起哭，阿姨也实在没办法。她哭起来，哪怕是平时欺负她的小朋友，也会受传染，眼圈都会红。多次被批评后，她哭得不出声了，眼睛鼻子也不红。小嫣然不大的眼睛里总是泪光闪闪，不多的泪珠挂在长长的眼睫毛上，但小眼眨巴一下就落下无数滴眼泪，滴得又急又快，粉色上衣湿了一大片，小眉毛始终还皱皱的，她站得直挺挺的，一动不动。

工作间歇，女职工可以去给孩子喂奶或送些水、小食品等。英娘也去托儿所看望嫣然，嫣然从原来的跺小脚抱大腿大哭，一下子就转变成默默委屈的小样儿。英娘心里受不了，她都不敢去看嫣然了，只好由同事大李代劳。英娘的同学、同事兼好伙伴大李，从小她俩一起长大，因她个子高大，再加上性情直爽有啥说啥，大伙儿一直管她叫"傻大李"。她与英娘站在一起，英娘就是一朵花儿，而她也只能当绿叶。但大李在改变自己命运的时候，聪明智慧就显现出来了。大李选的丈夫是本单位团委干部。大李的孩子健健与嫣然同年出生，同在托儿所。托儿所阿姨们总是表扬健健乖、听话、懂事，对健健满面笑容；总是批评嫣然太不好管，嫌嫣然事太多，对嫣然凶巴巴的。虽然健健是男孩，但嫣然与健健在一起，嫣然成了绿叶，健健成了花儿。小嫣然问英娘："为什么阿姨们对健健这么好？"英娘说："因为健健确实比你乖，你要好好向他学习。"小嫣然说："他做手工慢，吃饭掉一地饭粒，跑得比女孩儿都慢，跟小朋友打架还要我帮他，向他学什么？"英娘只会说："你可别打架了，去食堂打饭，卖饭的刘师傅一直告你状。"

"说我什么？"嫣然不屑地问道。

英娘一边比画一边学着当时的情景——卖饭的刘师傅拿着大马勺，不停点着英娘的空饭盒，发出吓人的咔咔声，说："你家闺女真行啊，我家宝与小健打起来，你闺女跟着一起打我家宝呢，你可得管管！"

刘师傅人称胖婶，农村人，大嗓门儿，浑身有使不完的力气，说话直来直去，连领导都让她三分。当时，她也不给英娘盛饭了，只一个劲儿地说自己孩子被欺负的场景。本来中午打饭时间人就多，胖婶这一罢工，在英娘后面排队打饭的人就排起了长龙，人越来越多，只听见人群鸡一嘴鸭一嘴地说："这闺女可厉害了，可不随她妈。"胖婶拿着马勺就是不给英娘盛饭，还唾沫星子横飞，不停地叨叨她家孩子那点事，弄得好面子的英娘不停地给刘师傅说好话，赔不是。

英娘当时那个气呀，她气嫣然又给自己惹麻烦，也不打饭了，直奔托儿所，心想这孩子必须得打了。但一到托儿所门口，嫣然已经站在第一排等她了。英娘气哼哼地跑来，只问了一句："打小朋友是怎么回事？"

看见英娘凶巴巴的样子，嫣然高兴的表情一下子变成委屈的小模样，又是直挺挺地站着，先是眉毛紧皱，然后是眼泪在眼眶中打转，忽地一眨眼噼里啪啦掉了一堆泪珠子，也不出声。三岁的健健跑过来说，打架的事情是嫣然帮了他，阿姨就不要说嫣然了。嫣然那流泪的小模样，英娘是真怕看见，没想到，小嫣然自己倒说了原委。

嫣然说道，因感谢大李阿姨总替英娘来给她送水、送食品，看到健健打不过欺负他的小朋友才去帮忙的。英娘从没想过孩子在托儿所这个小世界中，也是有高低、有纷争的。

## 贰

此时在养老院的英娘，又吓坏了自己。她一个人坐在床上，嘴角哆嗦个不停，还在说："怎么一下子就撞到了地上……"偌大的屋子里，只有电视是她的伙伴，24小时开着。只在她熟睡时，护工才会蹑手蹑脚地关上电视。英娘一生喜欢热闹，害怕安静。

年轻时，英娘干工作可认真了。一般女工到了单位干完手头活儿，就一头扎进更衣室里，闷头织毛衣。毛晴混纺开司米，三股并一股，织得快极了。更衣室里全是女工，一片棒针声响。如果是粗线100号，快手两个钟头能织一两，一件小孩儿的毛坎肩一天就织完了。而她只想着每天把自己的工作干完干好，不能因为孩子耽误了工作。英娘从来不迟到，更不会跟一般女工一样没事时躲在更衣室里织毛衣。她只会在午休或晚上，利用自己的业余时间织毛衣。上班时间，英娘始终在干自己手头的工作。她可以反复干、多干，也不能让自己出差错，她说自己有强迫症，其实英娘是有一颗好胜的心，不愿意听到领导批评。英娘年年被评为科室先进个人，很早就入了党。在嫣然的记忆里，英娘一直都在用喷有大红"奖"字的搪瓷大茶缸喝水，而且每一年都会得一个新的。这是英娘的自豪与荣耀，直到潜然出生，一切才被打破，不见了新的带"奖"字的大红色茶缸。

妹妹潜然比嫣然小五岁，当时国家已经实行了计划生育政策。在伴随着潜然出生带来的喜悦的同时，英娘也受到了当时最严厉的处罚：做深刻的检查、党内警告处分，连续五年不能涨工资。在当时谁听了这么严重的处罚决定都心里会敲鼓，但英娘好像什么事也没发生，天天抱着小潜然乐呵呵的，她说这是生命的延续，比什么都重要。好像当年的自豪与荣耀，一下子就被这个宝贝女儿给取代了。她照常上班，回家洗衣做饭，体重随着心情的愉悦也在逐渐增加。家里最快乐的时光大概是这样的：晚上，两个女儿在床铺上讲小人书，嫣然会指着书上的画绘声绘色地给妹妹讲故事，英娘坐在板凳上洗一大铝盆脏衣服。搓衣服的嘎吱声与孩子稚嫩的讲书声和谐而有规律。嫣然讲完五本小人书时，英娘也正好洗完全部衣服，这时上班路途较远的丈夫也该下班回来了。英娘又是一通忙碌，热好饭菜，听丈夫边吃边说今天单位又来了一批海产品，单位准备卖大螃蟹，明天就买了带回来。英娘听了可高兴了，因为她就喜欢吃海货。

英娘经常说的一句话是：有国才有家，干工作就要好好干，回到家就要好好生活。邻居们始终看不懂英娘，有时会忍不住问："这么一个努力工作的现代女性，为什么要违反政策也生二胎？"英娘的回答很简单："因为我是女人啊！"

英娘爱自己的小家，丈夫更是她的自豪。丈夫本在部队工作，是空军，开飞机的。因为潸然的到来，他也受到处分，转业回到了地方工作，因为单位远工作忙，很少在家。当年，全市才挑选两名飞行员，上高中的他就从报名的几百号学生中，过五关斩六将，凭自己一身本事考上了飞行员。丈夫从小酷爱体育，跑步、游泳、滑冰、踢球样样精通，是当时区里有名的体育健将。当时，他与一帮同学踢球，有人听说部队来招兵，大伙儿就一块儿去凑热闹了。通过几天严格的考试选拔，当然包括各项体能测试，他竟然全部通过了，发榜时名字赫然上榜。参加考试的同学来自不同学校，当时各个学校都轰动了，同学们那个羡慕啊，就连当时三个还在上初中的小姑子，在学校也听说了，这个消息以一传十、十传百的速度传播开了。放学回家路上，周围邻居见到他从学校一气呵成跑回四楼的家，高兴得三四台阶一个大步就蹿上来了。那年别人上山下乡，他胸前戴着大红花当兵去了。都说部队苦，但他不怕。他从小在山东老家长大，到了上学的年龄才进城。说话总把我说成"俺"，管妈叫成"娘"，满口山东语调，同学们都笑话他。他嫌学校操场小，没有老家田地宽敞得劲儿跑，城里的大河也不让游泳。城里住的楼房就一间，老家有一大院子房子。因此刚进城时，每次爷爷来看他们时，他就连哭带号地要跟爷爷回老家，闹着不在城里住了。刚开始，他每三个月就跟着爷爷回老家住几天，直到后来爷爷奶奶都进了城，他才死了心，不闹着回老家了。部队生活正合他意，他适应得很快，他生性勤快，能吃苦，在部队三年就提了干。当时，一听是部队干部了，周围邻居都争着给他介绍对象。

据说当时看上他的姑娘挺多，姑娘中有主动来家里帮着干活儿的邻居，也有从小和他一块儿长大的女同学，还有曾经一起踢过球比过赛的其他学校球队队友的妹妹。小姑梦忠说："我记得最后总来家里的还有两个姑娘呢，她们都看上了我哥，两家的父母都主动来家里找我父母。应该是1974年冬天的一个晚上，大陈姑娘和好姐妹的父母四人一起来到我家开会。"

小姑梦忠说，那时他们住在离学校很近的筒子楼里，筒子楼一层有14间屋子，朝南的阳面15平方米的大房有8间，北面有楼梯、大伙儿共用的厨房和厕所，还有4间10平方米的小房，另外朝东西还各有一间12平方米的把头房。那时，嫣然父亲家有两间房，一间是从东起的第一间大阳面房401，另一间是西起的第一间阴面小房412，就是筒子楼的这头到那头各一间。那天家长的见面会就在412这个10平方米的小房间里开始的。筒子楼里本就人多，孩子就更多了。一听来人开家长会，孩子们也不嫌楼道黑，正愁冬天的晚上太冷没地方去，于是大脑袋小脑瓜蹑手蹑脚轻轻推开 412 房门的一个缝隙，场景如此：

陈姓父母情绪最激动，开始还是坐在凳子上，说着说着就站起来了。陈母说："本来是我家姑娘与你家孩子处朋友，两个孩子走得很近，性情也合，我家姑娘还经常来家里帮忙干家务，楼里的邻居都认识，也都知道这个事情啊，怎么你家姑娘还来插上一杠子呢？"

只听对面那位母亲道："交朋友处对象都是孩子们的自由，这俩孩子本不认识，是你家姑娘天天说小伙子这儿好那儿好，还让我小女儿见见才认识的……"两位母亲本来隔着一米的距离，说着说着连指带比画着距离越来越近了，双方的丈夫直拉扯住自己的媳妇，意思是有理不在声高。六个大人在 10 平方米的小房间里，没点炉火都觉得有些浑身冒汗。上过大学常年一身中山装的嫣然爷爷，哪应付得了这个场面，借着有事情要办第一个出来了，孩子们一哄而散。嫣然爷爷看见小姑梦忠也在孩子堆里，严厉地说："多大的姑娘了也跟着扒门缝，有时间看看书去。"十二岁的小姑梦忠嘟哝道："你们从来不说我哥，都是他惹的事，还让人家找上门来了！"

小姑梦忠说，后来事情的结果是：哥哥跟两个姑娘都断了联系，一年后娶了英娘。其实小姑梦忠当年是心仪陈姑娘的，陈姑娘给她这个"未来的小姑子"洗过衣服、做过饭，还给她买过好吃的。小姑梦忠说，那陈姑娘长得可漂亮了，可陈姑娘的漂亮最终成了水中月、镜中花。

这段英娘丈夫的光荣历史，也成就了英娘。他娶英娘的时候，结婚正好时兴三大件——自行车、缝纫机和手表。英娘说，我不会骑车不用买自行车，我也不会做活儿不用买缝纫机。大家当时听得心里那个乐呀，但听到"我必须得买一块瑞士表"时，突然一口气憋住，呛得他家人咳了好半天。那时普通工人一个月的工资是 18.5 元，一块国产普通手表是六七十元，一块国产大品牌手表是 130 元，一块瑞士手表就要 500 元。一家人商量来考虑去，最终真的狠下心给英娘买了一块瑞士产的梅花牌手表。这别说在当时，就是放在二十一世纪的今天，也绝对是奢侈品啊！

### 叁

英娘的脾气性格真的挺好。在单位没跟同事吵过架，回到家也没跟公婆拌过嘴。筒子楼里的邻居多，也都是相互谦让。其实，在一个楼里生活，难免会有磕碰，何况家里不仅有公婆，更有三个小姑子呢！刚开始时，大家不熟悉，彼此也很少说话。但时间长了，楼里也有爱说话的姐姐妹妹呀，隔壁邻居琴姐就是个有名的"传声筒"。

她告诉英娘："嫂子，我观察你好长时间了，你这人还真厚道！"

英娘不解地看着她。

"你不吃肉，只吃鱼虾对吗？"

"你怎么知道的？"

"天天在这大厨房做饭，哪家吃什么，爱做什么，谁都知道的！"

英娘笑笑不语。

琴姐接着说道："你那最小的小姑子，跟你一样，也是不吃肉，只吃鱼虾。只是她昨天把熬好的鱼藏在了大厨房，不让你看见，更不想让你吃，你知道吗？"

英娘停顿了一下，说："她在这个家里年龄最小了，她昨天熬好了鱼就告诉我了，是我不让她给我留的。我们单位食堂总熬鱼，就是只允许职工在食堂吃，不让带走，要不然我就能时常给她带回来了。"琴姐一听英娘这样说，一句话都没说，扭头走了。

小姑梦忠挺会过日子，自称生活要勤俭节约，每晚看见英娘在阴面 10 平方米自己屋里开着个大灯泡织毛衣到很晚，说这太费电钱，就把 20 瓦的灯泡换成了八瓦小灯泡。英娘什么也没说就欣然接受，也不找丈夫告状，每晚照样在昏暗的小灯泡下给孩子做活儿。

英娘干活儿不惜力气，不仅跟小姑子们关系处理得很好，连刚搬过来不久的太公公也喜欢她。英娘结婚时就知道他家有个太公公，这个太公公是英娘丈夫的爷爷，那时八十多岁了，一直住在自己的女儿家。女儿因年纪大了，身体出现了状况，他就来与儿子一起生活了。当时有个特别出名的电视连续剧《四世同堂》，英娘婆家就与电视剧里一样，也是四代人一起生活。自从太公公来到这个家，英娘就一直给太公公洗衣服。只要她洗衣服，一定会问太公公是否有衣服需要洗。有学问的太公公，每次总会很客气地说："我这个孙媳妇真是太好了，我可是有福气了！"八十多岁的太公公，无论春秋冬夏，总是一尘不染、干净整齐的样子。若有人来问，谁给您洗衣做饭啊？太公公一定会夸这个孙媳妇，英娘也是越干越带劲。只要一下班，她放下大布包，就开始给一大家子人做饭、洗涮忙个不停。晚饭后，她还在昏暗的小灯泡下，给孩子织毛衣。太公公看在眼里，问英娘："看得见吗？怎么不安一个亮一些的灯泡？这么昏暗，年纪轻轻的再把眼睛看坏了！"英娘只是笑笑，不说原委，最后还是太公公让家人换了一个大灯泡。

嫣然小的时候，很不愿意去英娘单位的托儿所，因为英娘单位离家太远，早晨要很早起床。尤其在寒冷的冬天，哪个孩子都愿意在暖暖的被窝里多睡一会儿。为了嫣然，也为了不让英娘抱着孩子赶公交辛苦，太公公就帮着英娘在家照看孩子。后来，这位最小的小姑子也就是梦忠，跟嫂子英娘关系也好极了。她放假时回绝了所有同学一起出去玩的邀约，主动留在家里照看小嫣然。看孩子是挺累人的事儿，何况是对十几岁而且还是爱玩的小姑梦忠，做到这点很不容易啦！太公公是这个大家庭里最年长的长辈，梦忠是最难缠的小姑子，他们都喜欢上了英娘，可见英娘是善良的，也是有智慧的。

在一个四世同堂的大家庭里，亲戚走动也是频繁的。太公公还有两个女儿，会时常来家里看望父亲；外孙、外孙女会带着一家人来看望姥爷；公婆的同学同事会来串门；成亲的小姑子们会一家一家地回娘家。这是城里的。还会有从老家来的亲戚朋友们，有的是特意来看望年长的太公公的，有的是来城里办事情顺路看看老乡亲，还有一些就是农村的老乡亲病了，在当地治不好，来城里投靠太公公帮忙看病的。这些同村来看病的老乡，都是一个姓氏，关系很近。每次，都是嫣然的父亲领着他们去医院找大夫看病，挂上主任号、做相关检查、等结果，一直到初步确诊，怎么也得好几天。这些老乡在嫣然家住，在嫣然家吃，每次去看病加上陪同都得来三个人以上，弄得小嫣然不是在写字台上睡觉，就是晚上搭木板在地上睡觉，很不乐意。嫣然十分不解，问英娘："他们跟咱家是什么亲戚？您认识吗？"

"不认识，我也不知道是什么辈分，只知道是一个村的，好像这个村都姓张，你们都是一个祖宗的后代。"

"这天天又吃又住的，我爸还得跟单位请假，带着他们去看病，为什么呀？"嫣然的问题一个接着一个。

"你爸说，老家人轻易不会进城，尤其是得了病，如果不是疑难杂症，他们也不会来麻烦咱们的！"

嫣然听完，接着问："您不累呀？每天得做这么多人的饭菜！每次老乡住上几天是走了，就看您开始忙活，又是拆又是洗的……"

"别在这儿问东问西的！你看看你，从人家一进门你就不乐意，一直嘟囔个嘴，你以为别人看不出来呀！十多岁的大姑娘了，怎么这么事事的……自己写作业，学习去！"英娘一边干着手里的活儿，一边不耐烦地数落着嫣然。

在嫣然的记忆中，英娘整天忙忙碌碌的，跟个陀螺一样不停地转来转去。嫣然小的时候，每个星期英娘只有一天休息时间。就这一天，她也是很早起来做饭、洗衣，然后再带着两个孩子一起回娘家。英娘穿上当时漂亮的布拉吉——连衣大裙子，嫣然和潜然也套上红白相间、上面还有刺绣的小连衣裙。大的拉着小的，三个女人连蹦带跳有说有笑地一起走了。英娘从没有一句怨言，什么事情都能笑呵呵地接受，总是一副与世无争的样子，什么也不计较。

再后来，英娘父母年纪大了陆续生病住院，五十多岁的英娘日夜守着父母。父母住院时间长了，英娘不能总向单位请假，几个姐妹兄弟就轮流去照看。英娘白天上班，晚上直接去照看父母。那时，她的弟弟妹妹们孩子小且工作也忙，家庭负担重，英娘总是替弟弟妹妹值班，有时一连一个星期都回不了自己家，每天除了上班就是去照看老人，慢慢地自己身体也吃不消了。有一阵子，英娘的身体极其不好，一阵风吹来，浑身上下起芸豆大小的包，还奇痒无比，也不敢抓，怕起更大的包；有时头晕得不行，进了家门就直接躺在了床上，说天花板不停地转圈圈；直到自己难受得不行了，才去医院检查身体。医生说："你高血压220，还天天上班，晚上去照看老人，不要命了！糖尿病你懂吗？得终身服药！这个病本身不可怕，但是它累积的综合征是很麻烦的，包括你身上起包、皮肤瘙痒，这只是表象，你要重视你自己的身体了……"

那些年的英娘，上有年迈的父母、公婆，下有两个女儿，哪顾得上自己？只在身体极其不舒服的时候，英娘才会想起医生开的药，马上服两粒，然后又开始在多个家庭中游走。最难的时候，是英娘的母亲和婆婆同时生病住院，那时嫣然还刚刚生了孩子。英娘经常是这会儿还在抱着外孙，过会儿就赶去了医院；一会儿给孩子冲奶，一会儿又在给母亲炖鸡汤，常常是抱着小外孙子，照看着重病的婆婆。直到后来，家里老人陆续离世，家里渐渐冷清下来。英娘不用再整日忙碌，自己可以停下来歇歇时，她的身体却熬不住了——脑出血。

六十几岁的英娘不再有往昔的活力。经过一段时间的治疗后，她能说话了，但是整个身子的一侧很不听使唤，走路需要人扶着，否则整个身体会往一侧倒。她哪受得了，她是一辈子照顾别人的人。她开始不好好吃饭，更不好好睡觉，整日折腾。她一会儿喝水，一会儿上厕所，一会儿大便干燥，一会儿头疼，被请来照看她的保姆夜夜睡不了觉。本来大眼睛的英娘成了欧式眼，眼窝深陷，加上黑黑的眼圈，如同烟熏妆。一个月内，换了五个保姆。第一个保姆干的时间最长，也是英娘最合意的。与英娘年龄相仿，两人境遇相似，这位阿姨能理解她，两个人说得来。白天她陪着英娘聊天，晚上也会尽心竭力照顾英娘。英娘说口渴，温水马上举到跟前；英娘说睡不着，想起来坐一会儿，两人就通宵畅谈。可能是英娘的体力比保姆好，两个星期后，这个六十多岁的阿姨说，自己体重降了十多斤，实在干不了，向英娘请辞了。英娘还有些生气，于是开始找年轻的有体力的保姆。第二个保姆五十多岁，干了十天，也走了；第三个保姆四十多岁，也只干了一个星期……随着保姆年龄的减小，干的时间也在缩短。一个月之内换了五个保姆，最后请来的这位，潸然见了一面，嫣然还没看见人，人家就走了。这把嫣然和潸然愁得不知道该怎么办了。然后，英娘做了一个重大决定："我可以去养老院生活。"于是，英娘开启了一个划时代的生活模式。

英娘适应能力很强，很快适应了养老院的生活节奏。不再挑食，也能严格按照养老院的作息安排睡午觉，晚上按时熄灯躺下。渐渐地，英娘的脸色变得红润起来，还有些胖了。每天，她会定时定点地与嫣然、潸然通电话，报平安。梦忠经常去看英娘，一次梦忠问："嫂子，你来养老院住，我很不放心。孩子们上班忙不过来，也是没有办法。我想了，如果你愿意，跟我回家住吧，我还年轻，我来照顾你。你年轻的时候，总照顾我，尤其我当初做生意那几年，总不在家，多亏了有你帮我照顾孩子，我一直记在心里……"

"我们都是一家人，这都是应该的。你有这份心意，嫂子就知足了。我老了，不愿意耽误孩子们工作，她们各有各的家庭和生活，这里就是我的归宿，我知足了！你们有时间常来看看我，我就很高兴……"嫣然听着英娘这一番话，好像刚刚才看懂了自己的母亲。

嫣然从小不喜欢英娘，因为嫣然不想向母亲那样活着。她看见英娘现在的样子时常心疼得流眼泪，但天天会跟英娘说："人这一辈子干多少活儿是有数的。您就是年轻时把活儿都干完了，现在就只能歇着了。挺好的，享福吧！"嫣然嘴上这么说着，可心里特别扭。因为她从没有想过母亲老了会住进养老院生活，她觉得这是自己无能的结果，因此经常自责。直到那天听到英娘这么说，她才知道母亲的心意。

英娘其实胆子挺小的，每次不慎摔着时都极其害怕。就好比这次她又磕着了。嫣然对英娘说："人总会有磕磕碰碰。岁数大了，眼神、体力都不如从前了，这也是正常现象。我们要相信，善良的人一定会有善报。您年轻的时候，照顾太爷爷、爷爷、奶奶、姥姥、姥爷以及所有的弟妹亲戚，都是全力以赴真心对待的。包括对老家的亲戚，他们到现在还时常在念叨您当初对他们的好。所以，您不用担心，举头三尺有神明，大家都会为您祈祷，祝福您的！前些日子，清明节回老家，远房的大娘和大爷还问您好呢！还有农村的华叔叔他们还惦记着您呢……养老院条件也很好，有阿姨照顾您，到点吃饭，到点睡觉。洗衣做饭都有人负责，卫生条件也符合您的要求，我们的国家多好呀！您又涨退休金了……"

"你说的也有些道理，我摔了几次了，倒是无大碍。大家都惦念我，我以后得多注意了……"每次听完嫣然一番话，英娘就好像又重新开启了自己的力量阀门。她回忆起那些跟她没有血缘关系的亲戚，也会与好久不见的老朋友们一起通通话、聊聊天，每日在养老院过着有规律的生活。

嫣然每次鼓励母亲的话，也是在说给她自己听。她不想像母亲那样生活，是觉得母亲一辈子不容易。但内心深处，她是欣赏母亲的，因为母亲能做到的，她做不到。现在，她与母亲说得最多的一句话是：我们要好好珍惜现在的美好生活，感谢我们国家的好政策，让老百姓过上了老有所依、老有所乐的生活……

　　每个家庭都有各自的风采，嫣然很愿意给家人们唱"你是我之所来，也是我心之所归，世间所有路都将与你相逢……我愿意活成你的愿，愿不枉、愿勇往，这盛世每一天，山河无意烟火寻常……而我将梦你所梦的团圆……"

洋　房

嫣然翻开冰城这个早已发黄的日记本，她不知自己已经看过了多少遍。上面是这样写的：

我十二岁，嫣然八岁。两个人从假三层爬到屋顶，春日暖阳晒得屋顶瓦片温热，满眼独具特色的万国建筑群。正前面是达文士楼，典型的西班牙花园洋房，是五大道上最早的一批外国建筑之一。再远望去，睦南道两旁绿树掩映着风格各异的洋房。睦南花园堪称是隐匿在洋房群中的世外桃源，漫步其间，会使人深感路、房、树的空间尺度恰到好处，如入画境一般。东面是意大利建筑安乐邨，共三幢小楼，一幢平行于马场道的三层小楼，另两幢为垂直于马场道的二层小楼，是二十世纪三十年代著名的"品"字形建筑。西面是中西合璧风格的庆王府，它是清朝最后一个"铁帽子王"的寓所。庆王府大门上的掐丝玻璃工艺早已失传，彩色玻璃窗都是当年从国外定制回来的，在阳光照射下泛出七彩光，配上楼外中式与欧式园林，号称华人建造的

洋楼之冠。春风吹散嫣然整齐的黑发，只听不远处
园林中传来鸟语。我拉紧嫣然，对她说，我们下去
吧，小辫阿姨讲了，不许爬屋顶。嫣然一个劲儿地
往后撤步说，让我再看看吧，最讨厌小辫阿姨了。
我说，嗯。嫣然说，我乖吧？我将将嫣然散乱的头
发说，下去吧，去弹琴。嫣然说，知道了。

这一段对话，冰城当年就记在日记本上，他始终记得。

## 壹

冰城三年级时，父亲单位分房，他们一家搬到了这个区
的宾友楼。这里离市中心很近，也比原来霞光里的居住地繁
华，他顺利转学到有百年历史的重点小学——上海道小学。
当时学生上学都是就近入学，从上海道小学到家的路程大约
有三里地，三站公共汽车站的距离，孩子们为了多玩一会
儿，会从著名的五大道绕一个大圈子。说是五大道，实际为
六大道，即成都道、重庆道、常德道、大理道、睦南道和马
场道。六道之间又有数条南北向街道穿过。这里有形式各异
的小洋楼三百多幢，英式建筑、意式建筑、法式建筑、德式
建筑、西班牙建筑，还有众多的文艺复兴式建筑、古典主义
建筑、巴洛克式建筑、庭院式建筑以及中西合璧式建筑等。
有大坡度尖屋顶、错落有致的平顶、半圆形拱状屋顶；有两

侧设有弧形阳台的二层小楼，也有三层带有宽敞大露台的庭院，还有左右对称、中间加高的塔楼式设计的四层院落。建筑墙体或浮雕花纹，或红砖清水墙，或花岗岩砌基卵石混水墙。孩子们每日放学乐于穿梭在这优雅别致的洋楼建筑群里。冰城就在这里第一次遇见了嫣然。

那年，冰城十岁，嫣然六岁。嫣然与满婷是同学，满婷与冰城在同一栋楼，三个人都在上海道小学上学。满婷的母亲把刚上学的女儿托付给冰城，冰城就每日带着满婷一起上学下学。满婷很爱说话，一路上总是与冰城叨叨不停。她说楼里新搬进来一位奶奶，奶奶人很慈祥，但就是一个人住，每日都会跟满婷说会子话，昨天还给满婷讲了一个抗日的故事。冰城说："我不认识。"满婷接着说："我特喜欢我班一个女生，她穿的衣服总是很漂亮，你猜猜她今天穿的什么衣服？"冰城说："猜不出。"满婷说："一条红白相间的连衣裙，上面还有绣花呢。"说着低头看了看自己的蓝色裤子，又皱又旧，还"唉"了一声。冰城不语，他已习惯满婷不停说话的样子。满婷继续说："但她不爱说话，好像同学们说她家就住在小洋房里。"满婷一边指着满墙盛开的蔷薇花，一边嘟哝："不知道里面是什么样子的，我昨天做梦还梦见这儿的小洋房呢！你看，两侧大树绿油油的，还有这么多的小花儿，真好看。"冰城没有说话，满脑子在想今天的数学题。只听满婷在喊："你看，你看！"冰城顺着满婷喊的方向看去，一头乌黑短发戴着五彩蝴蝶发卡，红白连衣裙没过膝盖，白色短袜配偏带白色皮凉鞋。这个女孩儿就是嫣然。接下来满婷还是不停地在说，说的什么冰城没听清楚，但冰城一下子记住了嫣然的样子。再后来，满婷与嫣然成了好朋友，满婷终于踏进了她梦寐以求的小洋楼，满婷也拉着冰城一起总来嫣然家。

嫣然的祖父是知名医学专家，按当时知识分子政策，嫣然一家才搬进了这里。除了一楼有一户邻居外，嫣然的曾祖父、祖父祖母、嫣然一家四口及三个未出嫁的姑姑，一大家人居住在这里，电视剧《四世同堂》就是嫣然家的样子。嫣然与最小的姑姑梦忠住在一楼的大间里，屋里放了一台老式钢琴。梦忠很厉害，会弹西洋曲子，嫣然最喜欢听小姑弹的《致爱丽丝》。远房亲戚小辫阿姨负责一大家人的饭食，也会照看嫣然。小辫阿姨听不懂什么音符，每次嫣然跟小姑学弹琴，小辫阿姨就会撇嘴说："这不当吃不当喝的有啥用？"但她很会做饭，每顿饭桌上都有荤有素，有稀有干，嫣然奶奶总夸奖小辫阿姨是个持家的好手。

一日，嫣然爸爸带回两只小兔子，一只小灰兔，一只小白兔。那是嫣然第一次近距离看到真的兔子，她高兴得不得了。小辫阿姨不高兴，因为供应紧张，给兔子吃的蔬菜不好买。小辫阿姨也不让小兔子进入楼里，只许放在院子里吃草。嫣然磨着爸爸给两只小兔子在院里盖了一间小房子。每日放学，嫣然拉着满婷、冰城一起去菜市场，在蔬菜摊边上待一会儿，拾些胡萝卜头、卷心菜叶回来，喂给小兔子吃。嫣然有时还会趁着小辫阿姨没在厨房，快速从篮子里偷些菜叶。喂小兔子的时候，她让小兔子快点吃，别让小辫阿姨看见。小兔子好像听懂了，每次都在小辫阿姨赶到前就吃光了。一次，小兔子吃走神了，还没吃完就被小辫阿姨发现了。小辫阿姨冲过来拿着带有小兔牙印的菜叶，甩着两条不长又细的小辫子，拉着嫣然向奶奶告状："嫣然啊嫣然，知道这小菜多少钱吗？每天买多少菜我心里是有数的。"嫣然哭着说："小兔子也是生命，以后我不吃菜只吃饭，行吗？"小辫阿姨说："不吃菜你就长不了大个子，也同我这般了。"小辫阿姨身材瘦小，二十多岁才比八岁的嫣然高一点儿，但力气可大了，拽着嫣然就上了二楼。

嫣然奶奶的房间在二楼，那日冰城与满婷也在。二楼阳面大房间的露台上整齐地摆满一盆盆植物，冰城与满婷总来这里，但基本在一楼或院子里。乍一看成片的绿植，兴奋得不爱说话的冰城冒了句："养了这么多花儿呀！"嫣然奶奶说："这些大部分都是被治愈的病人送给嫣然爷爷的。"棕色地板与棕色书架连成了片，一排排摆放整齐的书更震惊了冰城，他一直以为自己家的书已经很多了，没想到嫣然家不仅每间屋都有书架，这间大屋里的书架更是如此之多。满婷看着正在不停擦拭尘土的奶奶说："房间真干净。"小辫阿姨说："奶奶每天都会擦拭这里的尘土，而且是一本书一本书地擦。"嫣然说："平日奶奶不让进这间屋，怕影响了爷爷看书。"这屋子好像有神气儿，小辫阿姨也好像忘了上楼来干什么，带着他们三个一溜烟地下楼了，也不再提小兔子的事情了。晚上吃饭时，嫣然不吃菜只吃米饭，大家还奇怪呢，一直在问嫣然，嫣然就是不回答。

其实小辫阿姨很喜欢嫣然，还会给嫣然织毛衣。每次看到嫣然不高兴，小辫阿姨就说："我来给你普及一下农业知识吧。"嫣然说："不想听，不想听。"这次小辫阿姨不管爱听不爱听就一个劲儿地讲开了："上个月我撒在院子里的种子，这个月就长成了小葱，你知道怎么让小葱长成大葱吗？你肯定以为再过一个月，就长成了大葱。但是我要告诉你的是，不是这样的。是要把小葱连根拔起，当然是要带些泥土的，把它重新换个地方再种下去，等上一段时间，大约一个月左右，它就长成大葱了。"嫣然这次听得有些入神，问："怎么不是讲红辣椒、绿豆角、土里刨出了连成串的大花生了？"小辫阿姨说："是太爷爷让我换个方式讲给你听。"小辫阿姨的眼中明显冒出了骄傲的神采。

春看香花夏观雨，秋有金风冬赏雪。在冰城与满婷眼中，这小洋房中每日都是风景。

## 贰

太爷爷要过九十岁的生日了，嫣然听说家里要来好多人。

奶奶与小辫阿姨不停地从顶楼库房往一楼厨房搬箱子，这些纸箱子一直堆到了嫣然屋门口。满婷对嫣然说："你家本来就人多，怎么还有这么多亲戚呢？"嫣然说："听说太爷爷一生娶了三个老婆，都已经故去。我们是最后这个太奶奶的后人。山东老家还有一个姑奶奶健在，不知道来不来。"满婷不解地问："这是什么关系呀？你不是有两个姑奶奶了吗？"嫣然说："对呀，应该还有一个。"冰城插不上话，只听两个女孩子说着他根本没听过的什么"姑奶奶"的亲戚称谓。三个人关上屋门认真写暑假作业，还是能听到外面小院里的声音。

太爷爷最喜欢坐在院子里乘凉，藤椅、报纸、半导体老三样陪伴着他，现在再加上不到一岁的潜然——嫣然的妹妹。奶奶忙的时候，太爷爷就用他特有的方式照看躺在摇床上的潜然。太爷爷拿着个花手绢在潜然眼前不停晃，还一个劲儿有节奏地说"嗯嗯嗯"。躺在摇床里的潜然目不转睛地看着这不停晃动的花东西，也不哭闹。会弹琴的梦忠回来了，还带来了男朋友小顾。梦忠进了院子就说："爷爷，小顾给您买了刚出锅的鸭油包，还热呢，您快吃吧！"嫣然一听到"小顾"，一下子站起来扒着窗户往院子里看。满婷也过来看："啊，你小姑男朋友比她高了整整一头呢！"嫣然说："我也是第一次看见。"嫣然蹦蹦跳跳地来到院子里，拿了一小碟鸭油包，回屋三个人吃。

梦忠与小顾帮着嫣然奶奶一直在厨房忙乎。等外面声音稍微小了一点儿，嫣然悄悄来到厨房。趁着大家上楼，小辫阿姨也不在，嫣然迫不及待地打开一堆箱子中的一个，想看看里面到底是什么。打开箱子，里面每一样东西都用报纸包裹着，嫣然拿了一样钻回自己屋，小心地放在自己床上，满婷也跑过来看。嫣然小心地打开报纸包，是一个白色瓷盘子，镏金边，盘边有一簇簇盛开的玫瑰花。嫣然正看得入神，小辫阿姨突然进来了，说："这瓷盘哪是你们玩的？这都是为太爷爷过生日拿出来的，都是成套的，摔了可咋办！"说着就拿走了。满婷边吃鸭油包边说："我第一次看见这么漂亮的餐盘，就是工艺品呀！我特喜欢来你家，人多热闹，还能看见稀罕物，鸭油包真好吃。"嫣然说："你妈做的网球裙，我也是第一次见呀，你穿的公主裙多好看呀！"女生的话题就是多，她们俩边吃边说，也让冰城快吃鸭油包，冰城没吃，一直在写作业。冰城喜欢来这里，是因为这里的书比他家的全，他喜欢来这里看书，还可以借走读。

太爷爷的生日那天，嫣然家来了好多人。太爷爷依然如往常一样坐在院子里看报纸——《参考消息》。他得在太阳最足的时候才能看清报纸上的大字，那小字就得用放大镜照着才能看到。来拜寿的人真多！从一早上，大姑奶奶及她的四个孩子陆续来了，每个孩子都是一家三口，老姑奶奶的一家四口，嫣然的大姑三口、二姑三口，还有老家的亲戚朋友们。嫣然从没见过家里来这么多的人，院子里、楼道里、每间屋里都是三五一堆的人，大家好久没见面有说不完的话。嫣然分不清大家的辈分，跟着父亲不停地与爷爷、叔叔、姑姑及表叔表姑们打招呼。在这些孩子们里，有小到不满一岁的潜然，有大到上高中的学生，但嫣然还得管比她还小的舅爷家的小儿子叫"叔叔"，嫣然弄不明白。成堆的餐具早已整齐摆放在五米长的案板上，厨房的总厨由嫣然的大姑父强医生担任，一星期前所有采买清单及今日菜谱就已经确定。大姑、二姑一直在厨房洗菜，英娘负责切菜，切丝切片切块都听强医生的安排。小姑与男朋友小顾负责去起士林取来了生日蛋糕。爸爸、二姑父主要负责安排各位亲朋好友，包括相互介绍、引荐、沏茶等。嫣然也有自己的不解，缠着妈妈英娘不停地问："从上海来的白头发爷爷怎么会认识太爷爷？""太爷爷没有工作怎么会有同事？""从老家来的村长怎么也认识上海爷爷？"……嫣然一堆问题没得到回答，却在厨房领到一个差事：用筷子不停搅拌生鸡蛋的蛋清，直到打出满碗的泡沫。嫣然问："这有什么用？"大姑父强医生回答："银鱼只有放在蛋清泡沫中再入油炸才会鲜嫩无比，口感最佳，至于鲜嫩程度完全取决于你的蛋清泡沫了……"嫣然奇怪，大姑父明明是医生，怎么做菜成了他的强项，难道是因为医生、厨师这两种职业都穿白大褂吗？

嫣然那天有些累，她负责带着这些从没互相见过面的小朋友们一起吃饭，一起玩。参与他们这个组织的还有老姑奶奶没有出嫁的女儿，嫣然管她叫华姑姑。华姑姑二十岁了，是这群孩子中的大姐大，与孩子们在一桌上吃饭。大家在一起熟了，下午华姑姑就带着孩子们到五大道去转转。孩子们在花坛树丛中来回跑，华姑姑看了这个又找不到那个，忙得满头大汗，齐眉刘海儿被汗水浸泡一并贴在了脑门儿上。即使她尽力照看孩子们，还是出事了，嫣然从高高的花坛上往下蹦时，一下子腿软变成了膝盖着地，鲜血直流，站不起来，也动不了。嫣然还没哭，吓得华姑姑倒先哭上了，等嫣然爷爷赶到时，华姑姑哆嗦着说："舅舅都是我不好，没有看住……"

几天后，满婷来找嫣然时，才知道嫣然打了破伤风针，膝盖拍了片子没有骨折，但是已经缠上了厚厚的纱布，需要每日换药。冰城带来了童话小说，每日来给嫣然和满婷读《爱丽丝奇境历险记》《爱丽丝穿镜奇幻记》等经典童书。他平时不爱说话，但读起书来绘声绘色，抑扬顿挫，嫣然听得入神就不怎么喊腿疼了。小辫阿姨对嫣然妈妈英娘说："这讲故事比我做的骨头汤还管用呢，今天嫣然自己在院子里转时好像哪儿也不疼了。"其实，嫣然在看着院子里的小兔子时就想，爱丽丝故事中的兔子洞另有乾坤，爱丽丝在一扇小门后的大花园里遇到了一整副的扑克牌，牌里粗暴的红桃王后、老好人红桃国王和神气活现的红桃杰克等，我家这个兔子小屋里是不是也有秘密呢？嫣然围着兔子小屋转了很久，也不说话，但表情时而凝思时而高兴，令小辫阿姨很纳闷儿。

那一日，冰城讲述《爱丽丝穿镜奇幻记》时，小辫阿姨从嫣然屋门口过，听到冰城正讲：爱丽丝就进入了镜子中的象棋世界……在这里，整个世界就是一个大棋盘，爱丽丝本人是这个大棋盘中的一个小卒。爱丽丝从自己所处的棋格开始，一步一步向前走，每走一步棋都有奇妙的遭遇——爱丽丝会脚不沾地地飞着走路，那里的花朵和昆虫都会说话，白王后变成了绵羊女店主，她手中的编织针变成了划船的桨……不知过了多久，嫣然奶奶抱着潜然来找小辫阿姨时，听入迷的小辫阿姨才想起坐在炉火上的锅。

这个大家庭有一个习惯，就是每周孩子们都会聚在一起吃饭。嫣然一家很感谢这个假期满婷与冰城对她的陪伴。在嫣然的表妹艳艳的提议下，由艳艳的爸爸强医生给假期聚在一起的孩子们做了一次西餐，包括牛排、意大利面和沙拉，而且餐具全部用的是他们喜欢的那套玫瑰骨瓷餐具。那天，满婷的高兴溢于言表，她看着漂亮餐盘中香喷喷的牛排、五颜六色的蔬菜水果沙拉以及红色番茄意大利面，不禁说："这是真的吗？"她仿佛就是那个爱丽丝，正在进入奇幻世界。艳艳问："谁是爱丽丝？"嫣然、冰城会心一笑，催促她们赶紧品尝强医生的手艺。快乐的日子总是过得很快，暑假快结束时，表妹艳艳也把《爱丽丝奇境历险记》《爱丽丝穿镜奇幻记》听了个遍。嫣然的腿彻底好了。全家大合影的照片洗了二十多张，嫣然爸爸分别给每家一张，也寄给了上海的白头发爷爷和山东老家的亲戚们。照片中有几十人，唯独没有嫣然的身影。但她左膝盖上的疤痕和已经长在肉里的黑色泥土渣倒成了永久的纪念。

## 叁

冰城讲书的本事迷住了大家，每到假期大家就喜欢聚在一起听冰城讲童话故事。不爱说话的冰城渐渐成了孩子们的核心人物，冰城也有了自己的理想。

冰城家在霞光里四层到顶的一个老楼群中，父亲是研发电视机的高级工程师，据说小区里的第一台电视机就是他组装成功的。父亲的祖籍是广东，是早年间的大学生，后被分配在了天津并成了家，母亲是本地人。父亲的遗传基因很强大，都说男孩子随母亲，但冰城体型瘦小，根本没有遗传母亲的高大，跟他父亲倒像是从一个模子刻出来的，细细的小脖子上摇晃着一个小脑袋，还有凸起的大脑门儿。冰城遗传了父亲的性格，喜欢看书学习，对自己感兴趣的事情就不停地做，很少说话，从不提任何要求，也不麻烦人。小时候，父亲给他与姐姐买礼物，从来都是他让姐姐先挑选，总是把好的东西留给姐姐。母亲说孔融是四岁让梨，我家冰城三岁就知道让着姐姐了。

冰城出生在唐山大地震那年。当时，大地震的余震随时都会发生，一天警报响起好几次。冰城妈妈本来奶水就不足，再加上受余震惊吓，一下子没了奶水。那时奶粉很少，即使是奶糕也得凭票购买。小冰城从小是吃米粉和着奶糕打水后的糊糊长起来的。再长大些，冰城就吃烂面条混点西红柿酱来填饱肚子。他对食物不挑剔，也从没有要求买过任何玩具。冰城的兴趣都在看书学习上，四岁就可以自己翻看小人书，这可能与家中的氛围有关。家里不大的卧室中，书架占了一整面墙，共七层，从下往上每层的层间距是逐层递减的，这样方便区分各类书籍。十六开硬皮大本著作放在最下层，再往上依次是各类期刊、学习工具书、专业教材、名人传记、中外名著和小人书，每层都满满当当。冰城父亲出过多部专著，总有文章登在专刊上。他是冰城学习的榜样，冰城每晚都能看见父亲趴在写字台上不停地写字看书，有的书都被父亲翻烂了。一盏灯伴着一个学习的身影成了冰城儿时最深的记忆。受父亲影响，冰城与姐姐自然就成了这满架子书的忠实粉丝。考试取得好成绩给的奖品是书；积极参加家务劳动，帮着搬煤球搬白菜，给的奖励还是书。上学后同学们都知道，他家就是图书馆。每到寒暑假期，就有同学上他家来玩，一起看书写作业。冰城与姐姐学习成绩都很好，他的母亲常说是这满屋的书开启了他们的人生。其实，直到他遇到了嫣然一家，冰城才对人生有了自己的想法。

这要从冰城眼睛上的一块疤痕说起。冰城是个念旧的孩子，虽然已经从霞光里搬走很长一段时间了，但冰城总跟姐姐叶雪说："我还是喜欢住在老房子里，那儿有我们儿时的记忆，也有我的小伙伴们。"叶雪不解说："老房子多小啊，还是个阴面，一年四季不见光，阴暗潮湿，楼道窄小，那儿的房子以后肯定会被拆。"冰城一听霞光里的老房子以后可能要被拆，每逢下午没课的时候，他都会回去看看，与小伙伴们在那儿玩。一日，冰城父亲补休，带着下午没课的冰城一起来到老房子与老邻居们叙叙旧。和好久未见的朋友见面，又有父亲陪着，那日他玩疯了。男孩子的玩法哪有准儿，你推我揉连追带跑的。一个不小心，冰城的脸受伤了。当时一楼小泥屋放满了邻居想扔但又舍不得的杂物，冰城被换下的自行车破车筐支出的一个锋利铁角儿扎到了眼眶。父亲赶到后让冰城拿开了满是血迹一直捂在眼睛上的手，见到眼睛里白色球状体已经耷拉在眼眶外，愣了一下就晕倒在地了。受到惊吓、心凉透的冰城也不喊疼，矗立在原地，捂着眼睛的手指缝中不断淌着血，好似时间一下子停滞，所有声音全部消失了，所有孩子都站在原地愣愣地看着冰城。还是邻居李大叔打破了这一僵局，迅速抱起不重的冰城，其他邻居们才回过神来，一路跟着李大叔前呼后拥地跑到离这儿最近的医院。为冰城接诊的医生说："你们来得很及时，能快速减少污染与损伤，那白色球状物也不是眼球，是眼眶与眼球之间的脂肪组织。就好似我们购买东西时，如果是易碎物品，售货员会在包装盒和易碎物品之间放上的硬泡沫一样，所以孩子的眼睛保住了。"那日的冰城异常清醒，他认真听着当班医生交代的每一个字，而且恰巧当班医生的导师那日也在现场。手术进行得很顺利，两厘米的口子缝了六针。长大后如果冰城自己不说，没有人看得出他眼上的疤痕。邻居们都说："冰城真有福气，有惊无险。"

冰城什么也没说过，但当时的情形深深地烙在了他的心上。他很感激两个人，一个是李大叔，他的果断与迅速是冰城伤处减少感染的关键。他抱着八九岁的孩子一口气跑了两站地，快五十岁的他已经上气不接下气。但李大叔说："时间就是关键，也许快一点到医院，眼球就能放回眼眶呢？"李大叔是冰城父亲单位烧锅炉的工人，这就是他当时最朴实的想法。冰城当时在想，如果是眼球真的脱出了眼眶，眼睛还能看见吗？

另一个就是那名当班的医生，是个女医生。虽然冰城没有看清她的相貌，但医生一边戴着手套给冰城做眼部检查，一边清清楚楚地讲着流出眼眶的物质，也说明了需要缝合及预后的情况，说得简明而清晰，并迅速完成了缝合手术，让大家很安心。冰城对她充满感激与敬佩。

冰城在嫣然家看到过嫣然爷爷满屋子的医学图书，他很少见到嫣然爷爷，除工作外嫣然爷爷总是在书房看书。当左邻右舍来家里寻医问药时，嫣然爷爷总是来者不拒，认真解答。也总有老家的亲戚来投奔求医看病，他从来都是一丝不苟认真对待。冰城对医生这个职业不禁充满了敬仰之情。当那名不知姓名的女医生真的保住了自己的眼睛时，冰城的心里就有了一个念头：我也要成为嫣然爷爷那样的人，成为这名女医生那样的人。小学毕业那年的暑假，冰城母亲发现儿子不再没完没了反复拆装录音机、电视等电器，而是在读厚厚的《解剖学》。母亲问冰城："你不研究机器，开始研究人体了？"冰城回答："我想当一名医生。"这是冰城第一次说出自己的理想。

人与人之间的相遇和分离都是注定的。那年的暑假，因为满婷妈妈工作调动，满婷随妈妈去了另一个城市；嫣然因舅舅的突然离世，一直陪着姥姥；冰城又成了那个不爱说话的自己。好在有厚厚的书陪着他，书真是神奇，一旦进入就出不来了。放假的日子里，冰城可以整天整天地扎在书堆里，同学约他出去玩他也不去，自己也不出门，有时甚至连妈妈给他留的饭都不吃。他本就瘦小，妈妈经常说："看书能顶饭吃吗？"冰城只是笑笑，他满脑子都是书，还有他的爱丽丝……

姥姥家的小院

姥姥家的小院给嫣然留下了深刻的记忆。

它坐落在市中心鼓楼附近的繁华地段，在著名的永胜饭庄后面的胡同里。据姥爷说，这还是本家人盖的，二十世纪三十年代这位族人因为被一位阔小姐看上，婚后盖了一条胡同。里面的四个院先盖，都是四梁八柱的构架。外山墙是砖砌的，其余的墙体都是用芦苇把子和白灰砌的，顶子用芦苇把子排好，上面盖一层厚厚的用麦秸和土合成的泥巴顶子，再用白灰和清灰压，就做好了光亮、结实、防雨的房顶，最后装上木质的门窗，房子就盖好了。

每个院子六间房相对而立，中间是小院，远端还有一间旱厕，每天都有磕灰的人清理。每间房也就10平方米左右。房子简单盖得也快，后来又盖了四个半院，但矮了几层砖。所以前四个院高于其他院，其他院子又高于周围房子，大家都叫它"高房子"。别看这些房子简易，但抗震性能极强，1976年大地震时这一片房子没有一间倒塌。

房间里的摆设有：老式箱柜，黑黑的，上面贴着黄铜大片。箱柜上镶嵌有彩色玻璃，宝蓝色、粉色、红色、黄色、橙色等明艳的颜色混搭在一起，看不出是什么图案，但很耀眼。大通铺的尽头就是箱柜，夏天摸着黑黑的柜子，有种冰凉的感觉，顺滑如肌肤。摸到有疙瘩起伏的地方，那里有不知名的图案，围着整个箱柜来回绕，嫣然很喜欢。横着看，竖着看，上面雕刻的好像有牡丹花儿、大象、仙鹤和蝙蝠，它们各占一个边框的主要位置，有细细的雕花相连。黄铜大片在箱柜最下面的大抽屉上，使劲拉那黄铜把手，才能把一米长的大抽屉拉开。阳光照在黄铜大片和黄铜把手上，反射出耀眼的光。嫣然很喜欢抽屉的黄铜把手与黄铜大片的撞击声，很像老式大院门上铜环的敲门声，清脆、有力、结实。嫣然的童年有一大段时间是在姥姥家度过的，大院平房，是典型的老城厢生活。

## 壹

舅舅的去世，给姥姥带来的创伤很大。那年寒假，姥爷和小姨上班，平时家里只有嫣然和姥姥两个人，姥姥经常会一整天地唠叨大舅小时候的事情，嫣然都可以背下来了。

姥姥年轻的时候在糖厂工作，每到年节单位会发给职工各种各样的糖作为礼物。水果糖、大白兔奶糖、芝麻糖、黑糖块、棒棒糖……那时糖块属于奢侈品，一般家庭只在春节才会买一包，也是给家里拜年的客人准备的，可姥姥家常年有糖。姥姥宠爱孩子，舅舅是她第一个孩子，又是个男孩儿，一般舅舅说吃什么，只要买得起，姥姥都应着。宠着惯着孩子，结果也害了孩子。舅舅从小因吃糖过多，留下了哮喘的毛病。刚开始时，舅舅喘得不严重，吃了一阶段中药就好了。但在他上小学时发病很严重，严重到在孩子们放学一起回家的路上，舅舅就喘不上气来了，被送到医院紧急吸氧抢救，他才活了下来。大夫说："孩子的命这次是保住了，但随时会发生这种情况，这种病去不了根。"怎么会弄成这样呢？姥姥才发现，他们平常上班去，即使她把糖装在篮子里然后吊在房梁上，舅舅还是想办法偷糖吃，整篮子糖所剩无几，基本被他偷吃了。舅舅病重只能休学。他一天喝三次中药，病也不见好。姥姥姥爷一商量，孩子病得这样严重，家里没人照看怎么办，而且如果不在糖厂工作家里就没有糖块也不至于让舅舅病成这样。于是姥姥辞去了糖厂的工作，在家悉心照看舅舅。姥姥带着他看中医西医，三天两头地往医院跑，他稍微有不对劲儿，姥姥抱着他就往医院跑。

姥姥说自己对舅舅深感愧疚，是自己年轻没有带好这个孩子，所以当宝贝一样呵护着这个儿子。舅舅长大后，除了上班，家里累活儿重活儿都不用他。姥姥多年如一日地为他采买做，家里吃饭的口味都随着他的需求而变化。鸡蛋馃子是他的最爱，姥姥大冬天走出两个街区也去给这个儿子买。直到舅舅三十七岁时，他还是一口气没喘上来，走了。他一辈子都没成家，始终是姥姥心中的宝贝。他的走，成了姥姥一辈子的痛。

嫣然心中藏着一个不敢说的秘密。"正月剪头死舅舅"这是老的说法，但恰恰那年的正月里，嫣然父亲给嫣然剪了头发，当时妈妈英娘还提醒了，但谁都没有当回事。结果就这么巧，舅舅半夜哮喘发作一口气没上来，就出事了。这成了嫣然心里的阴影，她不敢跟任何人说，但总觉得愧对姥姥，尤其看着姥姥伤心难过的样子，她只能想尽办法多陪陪她。妈妈几次来接嫣然回家过年，嫣然都没有走，只说再陪姥姥住些日子吧。

　　姥姥很喜欢这个外孙女，过年时姥姥给嫣然买了当时最时髦的防寒服，而且是裙子式样的，还带着嫣然回了自己的娘家哥哥家。那年，嫣然见到了很多舅姥爷，那是姥姥的哥哥们。嫣然从孩子们口中得知，舅姥爷就是老城里有名的老孙家。这整条街的院子，都是孙家的。她第一次见到了一条街上整整齐齐地排着一个个院子。第一个院子，大约有四五间房子，这是姥姥的大哥家。原来，那天是大舅姥爷的八十岁生日。来了很多人，也有很多孩子，嫣然跟着孩子们出了这个院子，又进了那个院子，整条街上他们进进出出十几个院子。这条街大家俗称孙家大院。姥姥的娘家是养鱼大户，哥哥们及侄子们都干这行，在改革开放的初期，他们是第一批"掘金人"，所以家家都盖了自己的新房子，每家一个院子，好气派。比起姥姥的院子，这里的大院宽敞明亮多了。

整齐的院墙整条街都一样高，每家双扇的大铁门上都有嫣然喜欢的叩门大铁环。院子里的格局都是统一的，三间阳面两间阴面，每家都有一个大的会客室。院子是统一的水泥地面，干净整洁。每家屋里摆放的大部分都是组合家具，彩色电视可以镶在组合柜里面，家具只占一整面墙。屋内的地面被刷成枣红色，白墙红地黄色家具，像极了当时星级宾馆的摆设。

在这个大家庭中，有一个人称"老哑巴"的小姨。嫣然以为她真的不会说话，还想看看她打哑语。没想到她会说话，嫣然偷偷地问姥姥才知道，这个小姨七岁才张嘴说话。她是家中老小，那时看孩子，都是大的看着小的，只要孩子别磕着、摔着就行。姐姐们经常是抱着她跳皮筋，平时把她喂饱往床上一放，各自写作业干家务，没有人教她说话、与她说话。她也真的不说话，只是用眼睛看。再大些，她就用眼睛与人交流，用点头、摇头回答。大家都以为她是个哑巴，父母着急，带着她去医院看病，也没检查出什么毛病。到了快上学的年龄她还是不说话，所以大家都管她叫"老哑巴"。谁能想到，她七岁那年，当父母商量着是否把她送聋哑学校上学时，她突然就张嘴说话了。一般小孩子说话得有过渡，先说一个字叫"妈"，然后会说两个字"妈妈"，再慢慢地说短句子……可这"小哑巴"说话，根本没有任何过渡，直接从不说话，只点头或摇头，一下子就到了对答如流的水平。

那日，妈妈与往常一样，问她："今天与小朋友们一起玩，有人欺负你吗？"妈妈瞪着眼睛等着看她摇头，可是她半天没动小脑袋。妈妈还有些着急，怕小朋友欺负她，扭头质问她姐姐："老五，你玩的时候，看着妹妹了吗？"

写作业的老五还没回答，就听一个稚嫩的声音传来："妈妈，小朋友们从来不欺负我，你不用担心我！"

当时在场的所有人都惊呆了，他们没听过这个声音，而且明显是从小妹妹的方向传出的，大家不约而同围上去，让她再说一遍。"妈妈，就是我说的……"

从那以后，这个"老哑巴"就会说话了。哥哥说她一直就会说话，可是她就是不想说。姐姐说妹妹一听父母商量她上学的问题，害怕真给她送聋哑学校去，她一着急就会说话了。不管怎样，这个绰号就这样被叫了下来。

嫣然第一次跟着小朋友们去了池塘，那里简直就是一个大湖啊！一眼望不到边，池塘里的水不深，能看见好多鱼在里面游。嫣然很兴奋！可是孩子们却说，"现在池塘里的鱼是最少的，夏天才是多的时候呢！""见过鲤鱼跳龙门吗？成群的红鲤鱼蹿出水面，你争我抢，好像在比赛谁蹿得高，湖面泛起层层涟漪……"这个生日真的很隆重，中午是红粉皮、红鸡蛋的面条宴，晚上是鸡鸭鱼肉的晚宴，好不热闹。

后来这里开始了城市改造，所有的平房都变成了拔地而起的大高楼，他们的鱼塘变成了大型超市。这里的人们享受到了改革开放的红利，舅姥爷及其孩子们都搬进了宽敞明亮的楼房里。舅姥爷打电话告诉妹妹："我终于住上带厨房和卫生间的楼房了，原来只能在电视里看看，自己这辈子值了！"

## 贰

过年真的好，每天都有亲戚朋友来串门。一天，家里来了一位很俊俏的大姨，一看就与嫣然母亲英娘长相相似，原来是英娘的堂姐，也就嫣然的堂姨。英娘就很漂亮了，已经是厂花了，可这位大堂姐的身材比英娘更好，且皮肤白皙，高鼻梁大眼睛，快五十岁的人没看出脸上的皱纹，留着直长发披在肩头，身穿一件橘红色长款棉服，很是耀眼。嫣然看着这位大姨就喜欢，在院子里一起玩的孩子们也说，这是谁家的姑姑，好漂亮呀！

嫣然跟着大姨进了屋，沏茶倒水，听着姥姥与大姨你一言我一语娓娓道来，方知大姨的故事。嫣然边听边想象着当时的场景：

那时应该是一九三几年，大姨还在上高中。学校每年年终都有演讲、汇报演出等活动，她是学校指定的主持人。当时的女学生都留着长头发，梳成两条长长的辫子，搭在胸前。大姨的头发很长且浓密，两条粗辫子已经及腰。大姨长相出挑，亭亭玉立，年轻时更是出彩。她总是一身淡雅条格的中式旗袍，淡雅大方，走在大街上回头率很高，站在哪儿都是一道亮丽的风景。

当时大姨在礼堂主席台中央一站，大灯一照，清新脱俗的外表吸睛度极高，吐字清晰、富有感情、落落大方的主持风格，迎来了全校师生的阵阵掌声。学校有时会请来相关知名人物给学生们做演讲。那一年，学校请来了部队立功人员做演讲，然后安排多名立功人员站在主席台上，接受献花。献花者都是在校学生。当音乐响起时，一群女学生手捧鲜花从侧面向主席台中央走来，大姨当然站在了这群献花女生的正中间。她按照统一规定，立定站好，向前一步，把一束正盛开得娇艳欲滴的花送到一位军官的胸前。军官还礼，敬了一个标准的军礼，接过献花，他还冲大姨轻轻说了句："谢谢你！"他嘴角上扬，绽出一抹灿烂的微笑。从此，这位军官与大姨的缘分就开始了。

他是部队里的年轻军官，大学刚刚毕业，家境优渥。他对大姨是真上心，早上送、晚上接，大姨有了"贴身卫士"这件事全学校都传开了。两个人郎才女貌也真是般配，一来二去，双方的父母也默许了。大姨高中一毕业，两家人就定了婚事，两人顺理成章地结婚了。后来，那位军官要随着家人去台湾，一家人匆匆收拾行李，只有大姨始终不忙乎。大姨作为家里的独女，不知道这一走要什么时候才能回来，她不想舍弃自己的父母，也不想放弃家庭。她两天两夜没合眼，最后决定留下来，不跟着丈夫走。她对丈夫说："我要带着孩子生活在这里，这里才是我的家。"看着平时柔弱的妻子异常坚定的态度，丈夫暴跳如雷、咆哮不已，他怎能舍弃妻儿。大姨外柔内刚，是肚子里长牙的主儿，想好的事情谁也没办法改变。人与人的缘分就是这么奇怪，他们就这样分开了，再无联系。

从此，家族中这位最漂亮的大姨一个人拉扯着孩子长大。她最艰难的时候是孩子还在上托儿所时。当时单位效益不好，为了能让孩子吃好穿好，不比同龄孩子条件差，她咬牙又找了一份兼职，每天从早干到晚，干两份工作，还要照顾年迈的父母。父母心疼女儿，躺在病床上不止一次地问她当初的选择是不是错了，大姨从不回答。大姨告诉姥姥："我没有后悔过！"孩子今年已经上大学了，她也问过孩子同样的问题，孩子说："妈妈，你的选择是对的！"

生活的每条路都是自己的人生选择，大姨说她现在活得很有底气，生活充实而幸福……

## 叁

嫣然发现小院的生活多姿多彩，每家每户都有自己的高光时刻，只要认真观察，就会发现处处都有光彩。

姥姥家的院子前后院一共住了十二户人家，其中有七家都姓李，他们是一家人。他们家一共六个孩子，三个儿子三个女儿。"上山下乡"时，三个女儿离家，回城后每人带来一位乡下姑爷，姑爷们个个比儿子能干。据说原来拖拉机厂是他们家的产业。当年他们家是用50块大洋买下了这个胡同里最好的一个院子。李家老两口儿和每个孩子的家庭都各有一间房子，他们始终在一起过日子。老两口儿每日负责给上班的儿女做饭，接送孙子、外孙女上下学，每日忙得不亦乐乎！一大家子人天天聚在一起，邻居羡慕得不得了，常说："做您的儿女可真幸福！"可天下没有不散的筵席，等到了孙子这代人长大，一家人聚在一起就很难了。

李家大哥有一个儿子，从小学习不好，初中毕业就跟着父亲学开车，后来爷儿俩开一辆出租车。等儿子长大了要结婚时，大哥家把这一间老房子卖了，换了两间更远地方的房子，给儿子结婚用。二哥家也有一个儿子，他没有校仿大哥，而是把这间老房子留给了儿子结婚，自己搬到别处住了。儿子结婚后，想着自己孩子要上重点小学，自己攒钱贷款买了学区房，又把这个老房子租了出去。老三跟二哥一样，自己搬走了，但儿子结婚后不好好过日子，好吃懒做又离婚了，房子归了女方。几个妹妹每家都有每家的情况，总而言之，现在这个院子依然住着的只有小妹一家了。这小妹两口子很能干，"上山下乡"回城后，两口子起早贪黑地卖菜攒钱，后来盘了一个门面房，经营一个小超市。超市开始只做蔬菜、水果生意，他们肯付出辛苦，保证当日新鲜蔬果供应，价格又便宜，街坊四邻都到他家店里去买，生意很火爆。后来，他们又盘了旁边的店面，与原有店铺打通装修后，做粮油食品、日用品、蔬果综合性超市，日常生活食品及用品全部可以买到。在当时，他们家的超市规模在这一片是首屈一指的。两口子整天没日没夜地忙碌着，大家一说起这两口子的干劲儿，都竖大拇指。

老话讲，人总有一缺。他们两口子善经营、有干劲儿、能赚钱，但就是没有孩子。两口子除了忙超市的活儿，就是整日找偏方、煎中药。他们把整个老城里的老中医都找遍了，不知吃了多少中药，中药渣子一盆一盆地往外倒，恐怕一个蔬菜大棚都放不下了。可这个小女儿的肚子就是没有一点儿动静，多少次她都把胃肠炎胃口难受的感觉，当成是自己怀孕了。有时，她一听说谁谁谁怀孕了，她就条件反射地想吐，用她自己的话说，她连做梦都想生孩子。这些年他们生意做得越好，她越愁眉不展，总自怨自艾地对丈夫说："是我这辈子对不起你啊，也生不出一儿半女的……"

后来得知现在医院有一种大型仪器设备可以检测身体是否能生育时，李家小妹马上到医院进行了全面检查。她哆嗦着拿着一摞厚厚的检查报告和病历进入诊室，听主任说道："你身体一点问题没有，可以生育！"她以为自己听错了，又连着问了好几遍主任，确认自己可以生育后，她激动得当场就哭了。诊室外的丈夫不知情况，连忙跑进诊室安慰道："媳妇，咱可别难过，有毛病没事，我可以不要孩子……"当李家小妹流着眼泪一字一句地说"妇科主任看了报告说，我身体没毛病，可以生孩子"时，丈夫一下子愣那儿了。他没有说话，一个人慢慢走出医院。那个黄昏走在大街上的丈夫，怎么看都是被女人打出门的男人形象。

从此丈夫不再说话了。他一个人在沙发上睡觉，蜷缩着整个身体。他始终不说一句话。不睡觉的时候，他坐在沙发上，嘴唇轻微动着，在跟一个谁也看不见的人低语。真应该看看他的眼睛！折腾了多日，眼皮子都松弛了，内眼皮有了分泌物。进入他视线的脸都被他看成了男孩子和女孩子的脸，他的世界里无论男女老少都被他看得很简单，童趣十足。

李家小妹害怕极了，天天对着丈夫说："你可别吓唬我，你倒是说句话呀……"丈夫最熟悉他的妻子，她就是天天唠叨的碎嘴子。妻子不敢离开丈夫半步，某天傍晚她起身离开去院子时，丈夫跟他走出了房间。到了第二个星期，丈夫也只是跟在妻子身后，还是什么也不说。妻子确信在某个瞬间看到了丈夫脸上一阵微妙的痉挛，似乎处在破梦而出的关键时刻……但那日，什么也没发生，日渐消瘦的丈夫依然蜷缩在了沙发上。大概过了一个月，在某天妻子忙碌着给他煎药时，她听见丈夫终于说话了："咱们离婚吧！"

接下来的状态是，两个人都不再喝中药，沉寂好久的无声房间，一下子充满丈夫天天求着妻子离婚的声音。他开始绝食，妻子劝她，他就对妻子说："我已经耽误你这么多年了，你喜欢孩子，可是我身体有问题，我们只能分开了……"他的声音既不大也不小，态度还很平稳。他也不去超市干活儿了，妻子也不敢离开他。不管她说什么，他就重复几个字："我要离婚。"妻子每每听到这些就呜呜地哭，两个人不是大吵，而是微弱中都带着无比坚定的态度。再后来，妻子不同意离婚，丈夫就天天在外喝酒不回家。妻子沿着街道满世界找丈夫，她经常从小酒馆找到醉醺醺的丈夫，然后扶着东倒西歪的他回家。可等丈夫酒醒了，两个人又开始，一个躲一个找。就这样，反反复复，周而复始不停地折腾了半年。

李家小妹想来想去，一天，她自己到医院找到了妇产科主任，央求主任给自己做节育手术。主任说："这不是你多年的梦想吗？你一直吃药打针，不就是想有一个自己的孩子吗？现在经检查你可以生育啊！多好的事情，你那天高兴得……"小妹没有做任何解释，执意要做手术。上手术台前，主任还在劝她："你一定要想好了，多少个家庭因为这个原因就破裂了……"小妹做完手术一个人捂着肚子，迈着艰难的步子走出医院回了家。

冬天的一个夜里，丈夫执意要在院子老树下上吊，他将自己脖子已经伸进了绳子圈里，双脚踩着凳子。妻子求他别这样，他就是不肯下来。他只反复说一句话："必须离婚，否则我就不活了。"妻子抱着他的大腿，哭得一塌糊涂。人们已经听不清风的呼啸，女人的哭泣声穿过一间间老房子，随着风又穿过了一个个院子。原本漆黑寂静的夜里，被一盏盏房间里的灯点亮，整个院子的人都出来了。大家一起往上使劲儿托着男人的身子，临街隔壁院子的人们站在院子外面凑成了黑压压的一片，一边比画一边说着什么。李家小妹见丈夫就是不下来，她也不哭了，大声说道："我已经做了节育手术！"顿时，所有声音全部消失，丈夫一下子瘫坐在凳子上，泪流满面，他扶起妻子两人回家了。看着两个人互相搀扶的背影，院里院外有些人给这个女人挑大拇指，有些人却为这个女人惋惜，老人们却说："两口子只要是真心，就算是两块石头都能碰出火花儿来！"当人们渐渐散去，老树下又恢复了平静。

后来，李家小妹和丈夫从这个院子里搬走了，他们转让了经营多年的超市。听邻居们说，他们在郊区开了一家孤儿院，他们有了很多孩子。有一年过春节，他们还带着孩子们回老院子过年呢。

### 肆

小院里还住了一家人，姓什么没有人说过，只知道大家叫他们"小算盘"。这家男主人白净而瘦小，女主人高大魁梧。每日女人自行车前后都装满了菜，将大包小包驮回家，男人就拿个算盘在院子里记账。女人说一样，男人问一声："多钱一斤？"就这样一个说着，另一个扒拉着算盘珠子，核实到最后，有一个数对不上，两口子就开始闹。只听那男人说："这日子没法过了，天天买，天天花钱，儿子结婚怎么办……""每天对账，每天你买的东西总是比别人贵，跟你说了多少次了……""鸡蛋比我买的贵了两分，又买这么多韭菜，这是精细菜，包饺子有大白菜就行了……"女人开始总是笑着听男人没完没了地嘚啵，直到最后还是忍不住急了："有完吗？又没完没了！"说着把搪瓷大洗菜盆往地上一扔，只听咣啷一声，白白的搪瓷又摔掉一大块，男人立刻不说话了，日日如此。只可怜那搪瓷盆日日摔，大瘤小坑无数，白瓷所剩无几，已然成了大盆的点缀。嫣然后来才知道，"小算盘"就是这家的男主人，他是个会计。

好在争气的儿子领回来一个农村姑娘，结婚没花"小算盘"多少钱。他只给儿子在附近租了一间房，这个农村媳妇还给他家生了一个胖孙子。这个儿媳妇继承了公婆的全部优点，既能干又会过日子，一日三餐按时给全家人端上桌，家里院里收拾得整齐干净，院子里每日都晾着她洗的衣服。她接替了婆婆采买的家务，负责每日去市场买菜，如当年婆婆一样，每次回来后与"小算盘"对账。只是，每次"小算盘"扒拉完算盘珠子，不再唠叨，而是满意地点头，合上账本回屋了。等到孩子三岁上了幼儿园，她还找了份临时工作，这儿媳妇说："我要工作挣钱，咱和城里的姑娘没区别。"

当初，"小算盘"不同意儿子处这个对象，嫌弃姑娘是农村的，没多少文化，还早早告诉儿子："咱家可没钱，你可跟姑娘说好了……"知儿莫如母，最终是母亲支持，才有了这门婚事。这儿媳果真没让婆婆看走眼，婆婆退休后，中风半身不遂瘫在床上，急得公公"小算盘"团团转，婆婆大胖身子僵硬得男人都挪不动啊！儿子与媳妇商量办法，她二话没说就把临时工作辞掉了。婆婆当初可真没白疼她，这农村媳妇每日给婆婆从上到下地擦洗、换衣，给婆婆整得干干净净，最后还得扑上香喷喷的粉，把婆婆抱到正对着电视的老藤椅上，还给做了靠背垫垫着。每到吃饭时，儿媳妇首先给婆婆戴上吃饭用的饭兜，端上热乎的饭菜；每顿饭吃完，儿媳妇马上把饭兜洗净，总让婆婆保持干净整洁的模样。每日儿媳妇扶着婆婆坚持练习站立走路，督促婆婆每日练习各种动作，婆婆每次喊疼不练了，她就对婆婆说："坚持到底才会胜利。"没有白费的功夫，在她的细心照料下，一年半后婆婆能走路了。看见妻子能走路，说话咬字也清楚了，一生精打细算的"小算盘"打心里感激这个当初自己看不上的农村姑娘。

婆婆基本能自理后，为了减轻丈夫的负担，儿媳妇又重新找到了一份工作，在养老院照顾老人。她有伺候婆婆的经验，又细致，对老人也有耐心，很快就当上了主管，她的收入比正式职工的丈夫还要多。"小算盘"不相信有这么好的事情，自己亲自去了养老院。

　　"小算盘"看见养老院干净整洁的白墙上写着"尊老为德，敬老为善"。他看见不能自理的老人有专门楼层、专门区域、专人照顾，老人们三五成群，一起看电视、聊天、学习；能自理的老人可以到不同的活动室活动，有练操房、舞蹈室、写画间，等等，院子里还有许多老年人在运动器械上活动，也有工作人员正带着老人们做操。养老院里还有医院，听说这是养老院的必要配置，保证老人不舒服时可以随时得到救治。"小算盘"还询问了收费情况，包括自理、非自理的不同收费标准，参观了单人间、多人间的环境。养老院里，他还看见儿媳妇正在对刚来的护理员说："我们要敬老从心开始，助老从我做起……"从养老院回来后，"小算盘"拿出全部积蓄给了儿子，让儿子买房子，他说："原来自己总怕老了没人管，不舍得花一分钱。现在他不怕了……"

## 伍

　　小院的生活丰富多彩。在这里，嫣然也有自己的世界。姥姥是文盲，家里没有什么书籍，却有一些老铜钱。嫣然记得姥姥家只有一本像样的书就是一本多年前的老皇历，是那种雕版印刷物。那里面有一套六十四金钱卦，是院子里的孩子们刚识字后经常玩的游戏。玩法是把六只老铜钱放在手里摇晃六下，停下后依铜钱顺序正反面排序，正面为阳，反面为阴，依据排列的图像在六十四金钱卦找出相应的卦底。卦底都是文言文，孩子们似懂非懂觉得很有意思。实际上六十四金钱卦源于《易经》，但孩子们什么也不懂，只是那本不知出处的老皇历却给了孩子们童年的快乐。

那时，小人书可能是孩子们最喜欢的课外读物了。小人书感人的故事情节、精美的画面无不吸引着孩子们。每家孩子都会有几本小人书，大家交换着看。为了能看更多、更新、更好看的小人书，孩子们就相约去小人书书铺。姥姥家院子后面的胡同里有两间平房，那就是最近的一个小人书书铺。店主是一位腿有残疾的小个儿女人，两只很凸的眼睛，下肢有残疾拄着一支单拐，平时骑着一辆小自行车，小孩儿们都怕她。她的店铺不算小，里面放了几张简易的旧桌子和旧凳子，柜台后面摆了一排柜子，排满了小人书，临街的玻璃上贴满了小人书的封面作为广告。孩子们选中书后到柜台跟她提出书名，付完钱就可以看了。看一本新书五分钱，读一本旧书三分钱。为了多看几本，几个小孩儿趁着店主不注意会偷偷交换。如果不慎让店主发现，就会被狠狠训斥后立刻赶出门店。店里还有很多小说也可租借，那是大孩子和大人的权利。孩子看一本或一套新的小人书是件很奢侈的事情。那时，父母给小孩儿的零花钱也就是几角钱。来看书的孩子们大多爱学习，不舍得买零食吃，用零花钱来看小人书。小人书中不仅有四大名著，也有《鸡毛信》《红舞鞋》《神笔马良》等故事，许多书都是嫣然从这里第一次读到的。这个小小的小人书书铺为孩子们带来欢乐的同时，也洗涤了孩子们的心灵。

邻居中有一位比嫣然大几岁的大哥哥，家境好也爱读书，是他成就了嫣然看书的心愿。他读的书大部分也是从书铺借来的。他知道嫣然也爱看书，总是很快看完，让嫣然抽出时间看，超时会扣钱的。借到书后，嫣然会在规定时间内读完，经常看到深夜或通宵。法国作家儒勒·凡尔纳的《海底行程两万里》《神秘岛》、高尔基的《我的大学》、奥斯特洛夫斯基的《钢铁是怎样炼成的》、浩然的《艳阳天》、金敬迈的《欧阳海之歌》，中国的四大名著和不少的武侠小说《大五义》《小五义》《三侠五义》《侠女十三妹》，托尔斯泰的《复活》《安娜·卡列尼娜》……杂七杂八的，什么书都有。不是嫣然想看什么书就看什么书，而是有什么书她就看什么书。嫣然在姥姥家最大的收获就是从小养成了读书的习惯。读书成了她生活的重要部分，她乐于在书海中遨游，经常整夜不睡觉，还经常能在半夜听到她看书时发出的笑声，她享受着读书的乐趣。

姥姥家的小院打开了嫣然读书的大门，人在、书在、心在。读书是个漫长、持续的过程，嫣然在以后的人生中，除了读专业学习书籍外，阅读始终伴随着她成长。她零散地读了姚雪垠的《李自成》、路遥的《平凡的世界》和《人生》、姜戎的《狼图腾》，还有描写中国远征军滇西反攻的余戈所作的《1944松山战役笔记》、刘欣慈的科幻小说《时间移民》、叶嘉莹的《人间词话七讲》、日本作家东野圭吾的《解忧杂货店》等书籍。读书滋养着人生也改变着人生。

嫣然说，读书让她胸怀宽广，能装下整个世界；读书使她获得了认识世界的机会和工作的专业能力；读书更让她获得了自信、乐趣和满足。她感谢在她的生命里，有这么一段快乐的时光！

奶奶笑了

都说女人是水做的，一生有流不尽的泪。而嫣然非常欣赏"有泪不轻弹"的女人，所以从小以此来鼓励自己。她羡慕勇敢的女人，喜欢她们的性情，所以更关注她们身上异于常人的光芒。

　　嫣然的奶奶就是这样的女人。她个子不高，微胖，操着山东口音的普通话，虽然文化程度只是能识字，但其身上却闪着光芒。

　　嫣然在奶奶身边长大，无论生活多难、多苦、多累，都不曾看到奶奶的眼泪。从嫣然记事起，奶奶就从早忙到晚。嫣然家是四世同堂，即曾祖父、祖父、父亲、姑姑和嫣然这代。一家有十几口人，一日三餐就占据了奶奶的大部分时间，她还需要照看年幼的小孙女、上学的嫣然以及其他家务活。奶奶一手抱着两三岁的小孙女，一手拿着铲子站在煤球炉旁炒菜的样子，嫣然至今难忘。奶奶一刻不停歇，好像有使不完的力气，她坐在板凳上抱着小孙女给她喂饭或边看孙女边与邻居聊会儿天，就算她的休息方式了。祖父、父亲、姑姑们在单位遇到不痛快，甚至嫣然与同学发生矛盾时，都愿意听听奶奶的意见，因为奶奶的想法会帮助大家度过难关。奶奶是有思想的女人。

从小嫣然常听奶奶说："行不行，事儿上见。"虽不懂其意，但通过一件件事情，嫣然明白了其中含义。

## 壹

有一家姓白的老奶奶总来看望奶奶，这一家人至今让嫣然难忘。她家共有11个孩子，每次来嫣然家屋里都坐满了人。父亲与姑姑们与他家的孩子们从小是玩伴，他们会忆起孩童时代的趣事，更会谈起在粮食困难时期的艰苦生活。当时，她家孩子多，只有她父亲一个人工作，生活很困难，嫣然奶奶经常接济她家。尤其在最困难的年代，其实当时谁家都很困难，奶奶上有公婆，下有儿女，除了白天工作外，她晚上还糊洋火盒、给别人缝制衣服，一个人干好几个人的活儿，以贴补家用。奶奶在生活中更是精打细算，即使这样，也只是勉强能做到上顿接上下顿而已。但筒子楼的邻居们就像大家庭一样，谁有了难处就帮谁一把。隔壁的白奶奶家因儿女太多，吃饭就成了大问题，经常是到不了月底，粮票、油票等就已经全部用完，愁得白奶奶在筒子楼道里来回溜达。白家每月都向邻居借粮，借得自己都不好意思了。奶奶见不得别人犯愁，她总会把从自家牙缝里省下的粮食给她家。这在当时，应该就是能救命的粮食了。

所以，不管嫣然家已搬走多少年了，白家的孩子们都会来看望奶奶，他们常说："善良无私，会让我们两家人的心始终在一起。"

## 贰

只要与奶奶交往过的邻居都会和她成为朋友。每年年初一，第一个登门来拜年且会行大礼的一定是森叔叔。他管奶奶叫大娘，把父亲、姑姑们称为哥哥、姐姐。他是谁？长大后，嫣然才知他的身世。

他们与嫣然两家曾是邻居，奶奶第五个孩子与森叔叔应该差不多大。但森叔叔父母均为大学教授，在那个"唯成分论"的年代中，在他们最困难时，邻居都会用躲避、异样的眼光来看待他们。他们自身也不知将来会如何，于是希望将他们唯一的孩子托付且过继给这个成分好且善良的女人——嫣然的奶奶。当时的场景应该是这样的：

在一个漆黑的夜晚，徐教授偷偷溜回了家。多日不见的丈夫，衣衫不整，头发被剃得跟狗啃的一样，厚厚的眼镜片一片粉碎，另一片裂开了一条明显的裂缝，即使是昨天的剩菜剩饭也大口大口地吃着。这在现在是根本不可想象的。妻子害怕、心疼，也难过，说道："老徐，今天单位通知我，让我做深刻的检讨……我只是担心孩子怎么办，如果我也回不了家了，那阿森怎么办……"

夫妻两人抱头痛哭："所有的亲戚不是跟我们处境一样，

就是躲得远远的！"

徐教授一米八的大个子，名牌大学中文系毕业。当时是学校的骨干教师，他的课经常是学生爆满，有的学生不听本专业课，也偷偷来蹭他的课。平时他总是穿一身浅色西服，皮鞋锃亮，头型三七开，梳得极其整齐，走路挺胸抬头。就这样一个翩翩学子，与妻子商量了一个晚上。将近晚上十点，他们估计整楼的人都睡下了，才悄悄地打开了房门，他们怕邻居听见。

这个筒子楼是学校分给教职工的宿舍，一层住着十几户人家，共用一个大厨房和公共厕所。一栋楼有四层，差不多总共有50户人家。厨房外还跨一个大阳台，孩子们在阳台上一看到楼下的小伙伴，马上在阳台上一声喊"等等我啊"，整片楼都能有回声。那时，这片房子已经是很高级的住宅建筑了，周围还都是平房区，哪有这独立的大厨房和卫生间。来楼里玩的孩子们，总是羡慕地说："我家住这儿就好了！"平日哪家谁来了、吃什么，谁家的孩子打碎了谁家的东西，这些都不是秘密，整栋楼都知道，大家就像一个大家庭一样，一切都是公开的。

这片房子是新盖的，其中几栋楼房专门分给了学校。徐教授家住在二楼，妻子体质弱，生了孩子没有奶吃，也没有人照看。旁边的邻居王婶牵线搭桥，说："四楼新住进来一户，401，听说那家媳妇也刚生了孩子，奶很好，要不让她喂喂你这大宝……"

就这样，一向傲娇的徐教授找到了奶奶，爽快的奶奶也痛快地答应了。平日里，徐教授总是买些礼品给奶奶的孩子们，吃的用的什么都有，因为奶奶不肯收这份奶水钱。两家人的关系也就这样越走越近了。

在这中间，发生了一件事，让奶奶伤心至极，但她从不愿提及。与徐教授的孩子差不多大的老五，在三个月大时，得了一场感冒就没了。平常都吃她奶水的两个孩子，就这样一个天上一个人间了。每当看着徐教授家的孩子，作为女人的奶奶总是欲言又止，但她从没有当着孩子们的面流过眼泪。她经常告诉孩子的一句话是："哭是这个世界上最没有用的东西，不解决任何问题，还不如努力去干、去解决问题！"

奶奶精心喂养着阿森，视如己出。徐教授两口子把这些看在眼里，记在心上。在那个夜晚，他们做了一个决定，抱着孩子敲开了 401 的门。

"许婶，您对孩子没的说，比我对孩子都亲。如今，阿森已经快一岁了，我们家的情况全学校都知道的，根本没有办法再把阿森抱回来。而且这两天学校找到我了，我可能很快也不能回家了。我们商量了许久，想把孩子放您这儿，如果您不嫌弃，就当是您家的老五吧……"徐教授两口子抱着孩子站在门口非常小声地说着。

奶奶将他们一把拽进屋，赶紧关上门。"怎么了？不是说徐教授过两天就没事儿了吗？别哭啊……"准备睡下的家人全部醒了，孩子们爬下床，围上前看着眼前发生的一切。

"我家已经有四个孩子了，我怕照顾不好这孩子啊……"奶奶委婉地拒绝着，但真的又有些心疼这孩子，毕竟这孩子已经跟她在一起快一年了。

徐教授看着奶奶，两口子眼神交换犹豫不绝后，徐教授干脆扑腾一下双膝跪地，还一并拽着妻子抱着孩子也跪下了。"许婶，我们知道您家里都是好人，您平时对孩子怎么样，我们心里明白。我们也不舍得呀，可真是没有办法了，家里的亲戚朋友都没有办法收留这个孩子，求求您了，您收留他当自己的孩子吧，这孩子我们不要了……"据姑姑们说，徐教授两口子他们跪了许久，怎么说都不肯起来。即使奶奶说："那我们家得商量商量啊，你们回去准备一下，再把孩子抱来，可好？"可两口子就是跪着不肯起来。

奶奶哪见得人这样哀求，阿森的母亲眼泪真如断了线的珠子不停地掉……面对一家人的踌躇与彷徨，奶奶干脆也不犹豫了，直接抱过孩子，说道："这孩子先在我们家养着，等你们都没事儿回来了，再抱走，行吗？"

"咱可说好了，我们家生活水平有限，我一定用心带这个孩子，做到我们有一口吃就有他一口，但如果想过高级的日子，我们家可做不到啊……"这时的奶奶不论说什么，徐教授两口子都连连点头答应着。

就这样，家里多了一个孩子，而且父亲和姑姑们对他以小弟相称，森叔叔成了奶奶的小儿子，从小管奶奶叫"妈妈"。大家都知道，这栋楼的401，有一个小儿子叫阿森。

阿森长相白净，从小喜欢看书。梦忠比他大三岁，年龄与他相近，从小他就缠着梦忠给他讲小人书。再长大些，他就自己一遍一遍翻过来掉过去地看书，还会有声有色地照着小人书一页一页地给别人讲故事。最有趣的是，他从不愿意给哥哥姐姐们讲，只喜欢给外人讲。

那年，阿森四岁，家里来了老家的客人，其中婶娘就是地地道道的农民，不认识字，一说话操着浓重的乡音。她看见小孩就喜欢，围着阿森问这问那，还想抱抱他。阿森认生，直躲她，只想自己翻着小人书看。

"阿森，给你婶娘讲讲书吧，你婶娘不识字，好好给婶娘说说这些故事！"奶奶一边和着面，一边一个劲儿地催他，"我们阿森，最会讲书啦……"

还没等话音落，阿森就领着婶娘到了床边，让婶娘坐好后，指着书的封皮，说道："今天，我给您讲的这个故事叫《鸡毛信》，这故事……"接着他翻开了第一页，认真指着那黑白图，眼睛看着最下面的两行小字，一字一句地讲上了。那农村婶娘看着阿森认真讲书的样子，眼睛瞪得大大的，张开嘴想说话，又怕打扰了这小书生。她的嘴就一直那样张着，直到阿森翻到最后一页讲完整个故事，说："这就是这个故事的结尾。"婶娘憋了好久的话终于吐出了口："这娃，咋还认字呀……"筒子楼有个习惯，只要家里有人，冬天夏天都不关门，除非睡觉。操着浓重山东口音的婶娘，大嗓门儿一通夸阿森，招来楼里一群小孩儿在门口扒头围观。婶娘把阿森夸成了状元榜眼，只见阿森都笑了，也不认生了，拉着婶娘又讲上《西游记》了。这回他声音洪亮，咬字清晰，还带有感情，讲得农村婶娘那个高兴，喜欢他喜欢得不得了。

门口围观的小孩儿们在你一句我一句地议论着："你不是说他是个小哑巴，不会说话吗？""怎么他还认字呢？""他上学了？不对呀，才几岁呀……"讨论声越来越大，语气中明显带有羡慕的色彩。

阿森真成了"小先生"，绷着脸对门口的孩子们说："别吵吵了，这书还讲不讲了？婶娘都听不清了！"孩子们立刻鸦雀无声，然后渐渐都进屋了，围在一起听故事。日常的嬉闹声没有了，琅琅的讲书声在筒子楼里回荡……

屋内干活儿的奶奶，与坐在床上的农村婶娘不知什么时候从屋里被挤了出来，捂着嘴笑出声地去了大厨房。筒子楼的厨房也是最热闹的地方，信息量很大。

"许婶，你家老五，谁教的他识字啊？"

"没看见你家请先生啊。"

"许婶，我说话您别介意啊，您不是没上过学吗？你家阿森怎么教的呀，我也得学学啊！我家老王进门就听说你家阿森会讲故事的事儿了，那个夸您啊，您看人家401，干活儿一把好手，教孩子还有方……"

"是呢，我这一下班，以为走错楼门了，可安静了，一问才知道都去你家了……"

其实大家都认识，只是奶奶平时很少说话，进了厨房就是择菜、洗菜、烧饭，很少和邻居们说话。看这情形，奶奶不回应也不行了。

"我是个农村人，没有文化，哪会教孩子学习呀！"

"那孩子就是平时总缠着他三姐给他念那小人书，我估摸着天天听天天听，都能一字不落地背下来了！"

"不是有这么句话嘛——书读百遍，其义自见。也不知说得对不对，各位老师别笑话！"

奶奶一番谦虚的回话，这些当老师的邻居们倒不知说什么好了。一阵安静后，厨房里又开始聊这个话题。

"老师是有文化，会教学生，那是工作，可自己的孩子却带不好。"

"我也觉得是，话都给学生讲了，回家与孩子说的话，就很少了。"

"我家孩子就说，许婶家的馒头可好吃了，咬一口直掉干面，越吃越香……"

"许婶，您这可不是没文化啊，说的句句在点上呢！"

…………

农村婶娘本来挺自卑的，心想：在这个厨房里做饭的都是有文化的城里老师，我这大字不识的农村人，人家肯定连正眼都不会看我！

婶娘听着大家对奶奶的评价，心里美滋滋的，赶紧接话说："俺大爷去世得早，婶娘是小脚老太太。堂姐是家中的老大，从家中大小活计到弟弟妹妹上学吃饭，都是俺姐操持的，可能干了，可就是失去了自己上学的机会了。我们姐妹都说，如果姐也能上学，那可了不得呢……"

不等农村婶娘说完，奶奶就打断了她："啥了不得，在这里的老师们才了不得，既有文化又能操持家务，还带着孩子，谁家都是上有老下有小的。她们才是现代女性，我们学习的榜样！"

奶奶的简短话语让厨房里的女人们向她投去欣赏的目光。


阿森讲书的事情传遍了整个楼栋！冬天北风吹的日子，晚饭后一家人最喜欢干的事情是围坐在他们妈妈身边，孩子们边嗑瓜子边讲学校的故事。

"妈，我们同学说咱家老五可聪明了，都会识字讲小人书了！"梦忠兴奋地看着还拿着小人书的阿森。

二姐梦清也说："咱家阿森可是出名了，放学回来，邻居看见我们就一个劲儿地夸阿森呢！"

当时就爱看书、很少说话的张医生——嫣然的爷爷，也说话了："今天刚到楼门口，一楼的金嫂拽着我胳膊，绘声绘色地学了一遍咱家老五讲书的样子。正在大厨房洗菜的马奶奶，也出来了，连声说：'张大夫，你们家教育的孩子是真好。你们家老大，见到我提着一菜篮子菜费劲，老远就跑过来，非得帮着我提家来。其实孩子们都在楼下踢球呢，别的孩子就知道玩……'"

张医生意犹未尽地又说道："我看阿森可以开始学着背《九九歌》了，语文数学咱都得会！"

阿森瞪大眼睛破口而出："什么叫《九九歌》？"然后眼睛盯着他的导师——三姐梦忠。梦忠一脸茫然，声音不大，怯生生地说道："我这个学习后进生，还成了你的老师了，看来我得努力了，不然哪天我都教不了你了！"

梦忠的话逗得大家哈哈大笑，笑声穿过屋、楼道，传向更远的地方。


再说说阿森吧，从那天开始，他真的每天缠着梦忠学《九九歌》。梦忠每晚抓紧时间写完作业，就得教他。梦忠不仅教他背，还得教他在作业本上一笔一画地写。写完后，他不明白，还会反复问，比如"三四一十二，是什么意思"。有时梦忠嫌他烦跑出去玩，奶奶就自己教他。

每晚嫣然奶奶看着孩子写作业的工夫，还糊洋火盒。"阿森，你看洋火盒三个放在一起算一堆，我们一共摆上四堆，你数一数一共是多少个呀？"

只听一串稚嫩的声音："一、二、三……十二，一共十二个，妈妈！"

母子俩还一问一答："三个一堆，共有四堆，一共是十二个，这就叫三四一十二，明白吗？同样的道理，四四一十六，就是四个一堆，一共四堆，就是十六个。""那背的肯定都对吗？一定是六六三十六吗？肯定吗？"

"我们再用洋火盒堆一下，数一数，不就知道了吗？"嫣然奶奶耐心地一遍一遍地教着阿森。

阿森真的学得很快，大约用了一个星期，就能把《九九歌》全都背下来了。那段时间，梦忠每天放学后的第一件事情，就是检查阿森背《九九歌》。这日，旁边邻居田老师回来得早，又听见阿森在背《九九歌》，两口子嘀咕着。

"这是阿森在背吗？可能是照着读的吧！"

"这孩子才多大呀，不认字，怎么读？"

"那怎么说得这么流畅？不行，我得去看看……"说着话，田婶已经进了401。只见阿森站在床上，背着小手，一字一句地背着"七七四十九，一八得八，二八一十六……"。梦忠站在床下，这样看起来，梦忠还没有阿森高。一个嘴里不停地背诵着，一个不断地点头，真如老师检查作业一般。嫣然奶奶正忙着收拾床上一大堆已经洗干净的衣服，以为进屋的田婶需要什么。还没等嫣然奶奶说话，田婶连忙伸出食指放在自己嘴边，"嘘"，但眼神就没离开过阿森。嫣然奶奶笑了。

等梦忠一声"今天就背到这儿吧"后，就听见田婶马上说道："如果阿森不是还穿着饭单，谁都不会相信这是四岁孩子背的呀！"

"来来来，阿森，婶子考考你，如果说对了，给好吃的！"

只听一问一答。"六九得多少？""六九五十四。"

"六八呢？""四十八。"

田婶迫不及待地抱起阿森，就朝自己屋走了，只听传来："老田啊，真是这孩子背的，我还考他呢！哎呀，你说这是怎么教的呀……"

"快快，把刚切的大西瓜让阿森拿去吧！""这冬天的大西瓜可稀罕了，宝贝，快补补吧！"话音未落，阿森抱着比自己小脑袋还大的半个西瓜，已经回来了。"三姐，大西瓜！"还没等梦忠伸手去接，沉沉的大西瓜已经重重地摔在了地上，不仅摔得粉碎，西瓜水还溅到了床单上、阿森的身上脸上，连梦忠身上都是了。本来高兴的梦忠立马变了脸，抬起手就要揪阿森，但瞬间被奶奶挡住。

"老五哪拿得住这么重的东西！他也不是故意的。""来，阿森，咱们去厨房阳台看看，谁在楼下玩……"嫣然奶奶说着抱起老五，走出了门。

"就会偏心眼儿，重男轻女。上次我买面酱还剩下一分钱，买了一颗糖吃，回来就数落我，还一脚把我踢到了床下，吓得我呀，等爸爸回来才从床下爬出来。阿森把这么贵的西瓜扔地上，都没事儿……"

梦忠一边嘟囔着，一边把碎西瓜一块一块地拾起来，拿着大铁皮簸箕收拾着残局。七岁的梦忠说是比阿森大三岁，其实只比阿森高一头，拿着大扫把的样子也很费劲。


读书学习是阿森的强项，但阿森也有弱项，他不喜欢与人沟通交流，很慢热。都说男孩子嘴笨，这在阿森身上极其明显。

时间过得可真快！一晃，阿森该上学了。大哥大姐比他大十多岁，年级比他高得多，还得是三姐梦忠天天领着他上学。刚开始上学那段时间，他几乎每天晚上睡觉总说一段话："妈妈，我能明天不去上学吗？老师同学，我都不认识，我有些害怕……"

"我们家老五学习是最棒的，学前考试时，唐诗一口气背了十首。明天，老师看不见这么优秀的学生，该着急了……"

到了第二天晚上，阿森依然会嘀咕："今天上学，老师没有批评我，可是同桌的小朋友，下课时非得拉着我出去玩，打铃时往回跑，摔了一跤，把手给弄破了……我明天不想去了。"

"这可不行，学生就得上学，就跟妈妈必须工作一样。再说，男孩子摔一下不算事儿，不就是裤子破了、手上擦破点皮嘛，男孩子要比女孩子坚强才行，我相信我家阿森今天肯定没有哭，对不对呀？"梦忠听得直想笑，因为妈妈已经知道阿森哭了。

阿森不说话，闭上眼睛装睡，听见妈妈对梦忠说："你下课时，多去一年级那儿看看，老五刚上学不习惯……"

但阿森的小毛病，让梦忠很气愤。

明明早上两个人一起去上学的，梦忠中午放学去教室找阿森时，同学说他一下课就跑了。等梦忠跑回家时，阿森没有钥匙正站在 401 门口哭呢。

梦忠问他怎么回事，也不说。进了屋，梦忠把饭准备好，他也不吃饭，不管怎么说下午就是不肯上学去了。梦忠走之前只能将他锁在屋里，一通嘱咐，她把他爱看的小人书摆了一床。梦忠还是不放心，把门钥匙给了一楼的马奶奶，让其帮忙照看一下，才独自上学去。

晚上，真如梦忠所料，老五不上学，妈妈还是数落她。梦忠钻进被子里，蒙上脑袋，委屈地哭了："他不去，我能怎么办？把他一个人放家里，那是没有办法的办法。您怎么不说他呢？就会说我！谁上学像他这么费事儿啊！什么好孩子，他就是个胆小鬼……"

梦忠性格如男孩子般，爬树抓鸟、下河游泳、冰上滑冰，只要男孩子玩的她都会，磕得鼻青脸肿都没见她流过眼泪。但谁要欺负了她弟弟，她一定第一个冲到前面去。这次，看见梦忠哭得这么伤心，不知阿森是不是有些害怕了，他躲在妈妈身后，小手拽着妈妈的上衣下摆不停地晃动，"妈妈，你别说姐姐了，我再也不逃学了。"

从那以后，阿森真的再也没说过"不去上学了"的话。但为什么那次他就是不想上学，他始终没说原因。


阿森学习很好，门门满分，在学校老师表扬，在家里家人呵护，快乐地过着每一天。夏天，大哥会带着阿森去河边摸鱼，爬上树捉蝉；冬天他会跟着三姐梦忠去溜冰。二姐梦清手巧，当时流行毛线坎肩，梦清两个星期就能编织一件，阿森是第一个穿上的。奶奶是个闲不住的人，每天天不亮就起床，熬粥、煮蛋，想着法子给孩子们鼓捣点儿好吃的。阿森的个子蹿得好快，比一般同龄孩子高了半头，个儿头也快赶上梦忠了。

阿森九岁那年，他的爸爸妈妈回来了。他们平时只能在信中知道自己孩子的消息。即使早已知道阿森上三年级了，但乍一看到原来襁褓中的阿森已经长这么大了，他们都不敢相信这是自己的孩子。长大后再次和父母相见时，阿森只是一个劲儿地翻看着他自己喜欢的《唐诗宋词》，根本不理会站在跟前的这一对老夫妇。

阿森一时间不能接受要离开的现实，他在401又住了小半年，才回自己家。他舍不得这个从小带他长大的"妈妈"，也舍不得这里的哥哥姐姐，尤其是三姐梦忠。他家步入正轨后，阿森还是总回401来找三姐，还会把自己认为最好吃的东西带给三姐吃。在学校遇到高兴或不愉快的事情，他还是习惯性地一放学就来401跟原来这个"妈妈"念叨。过了许久，大概因为嫣然家要搬家了，森叔叔才跟嫣然奶奶说了一件事情。

那天，他很郑重地说："妈，我要告诉您一件事情。"

"其实，几年前，我就知道我不是您亲生的。当时，我心里特别别扭。那时，刚上学，因为同学说我是抱来的，所以还跟同学打了一架。您记得，我当时特不愿意去上学吗？就是那时候知道的，我可难过了……"

奶奶搂着阿森笑了："傻孩子，我早就知道了。我当时就去学校了，老师都跟我说了。我知道，你那时心里难受。但我相信，过一段时间，优秀的阿森就会想明白。你是我从小看大的，我知道你一定会自己想通的。"

搬家的时候，梦忠舍不得阿森，哭了，她说："因为这个弟弟，我挨了很多骂，可他最终还得离开……"

后来大家才知道，为了让阿森真正回到自己父母身边，奶奶决定换房子搬家。此时，正赶上爷爷单位调配房屋，因而爷爷奶奶一家搬进了五大道的小洋楼，于是奶奶终于又成了森叔叔的"大娘"。

从嫣然记事起，总听森叔叔的父母说："他大娘是我们一生最要感激的人。在我们最困难的时候，是他大娘收留了我们的儿子。他大娘虽没有文化，但人性善良，胆量与勇气更是无人可及的，是我们的恩人。"

## 叁

渐渐长大后，嫣然很想探究奶奶的身世。因为爷爷具有较高文化，但奶奶却只是能"识字"。原来，奶奶家在当地本也是大户人家，但因为其父亲去世早，奶奶在家是老大，所以只能尽力供弟弟们读书上学。嫣然爷爷读书考进城市后，举家来到了大城市。奶奶虽没有上过学，但是她会跟着丈夫学习识字，所以她的文化程度是"识字"。她常说的一句话是："指亲不富，看嘴不饱。凡事要靠自己。"年轻时她不仅有自己的工作，在单位也是部门负责人。退休后，她就担负起全部家务。每到寒暑假，姑姑家的表妹表弟们都会住到嫣然家，奶奶的负担会更重，不仅要给大家洗衣做饭，看着年幼的孙女、外孙女、外孙子，还要督促孙辈们学习。但她从无怨言，她说："孩子们能好好工作生活，就是我最大的幸福。"对于曾祖父，她每日会按照老人的需求，单独做可口的饭菜，直到曾祖父九十多岁去世。她干活儿麻利，把家里安排得井井有条。每次客人来家，总用"干净利索"四字评价奶奶的劳动成果。床单平得不能有皱褶，地上擦得有光亮，所有孩子的衣服都是奶奶给做的，几十年来她始终都是这样默默辛勤不停地忙碌着。

面对生活的苦、工作的难，甚至在饿肚子的年代，奶奶都不曾流过一滴眼泪，仿佛在她心里不知什么叫困难，这可能就是她吸引嫣然的地方。但多年后，她的丈夫，即嫣然的爷爷去世后，奶奶开始流泪了，而且是每顿饭她都会流泪。也是从那时起，嫣然明白了：爷爷是她一生所爱。因伤心过度，奶奶一年后也随爷爷去了，这一年里她流尽了她一生的眼泪。

嫣然原来以为奶奶是那种侠肝义胆不会流泪的女人，但到最后才知她更是重情义的女人。她虽没有姣好的容颜，更无所谓气质与才华，她是一位普通的女人，但在嫣然心中，奶奶的笑容始终是一道独特而令人叹赏不尽的风景……

不亮的星星

一晃多年过去，嫣然始终穿梭于工作、生活、学习中，现在工作已然成了嫣然生命中的主旋律。

这日，嫣然被办公室主任叫到总经理室。总经理耿森一脸不悦，如往常一样，阴着脸问："我怎么交代给你的，这是怎么回事……"厚厚一沓报表被狠狠地丢在桌上，撞上一旁站立的瓷杯，杯身与杯盖发出咯咯的摩擦声，好像对嫣然笑问："又挨呲儿了吧！"

办公楼的 11 层阳光很明媚，总经理办公室三十多平方米，隔成了里外两间。身处如此紧张的氛围中，嫣然的心情并没有什么波动，心想：反正这早就在预料之中，我是按照文件执行的，我没有错！但嘴上却不停地解释着："是我工作疏忽，以后一定多向您请示。这样处理也是按照上级文件要求执行的，而且最近三个月的业务我也均是按照这个模式进行的……"

耿森的脸色更加难看，默不作声地看着嫣然，两人不眨眼直视很久，只听楼道来回穿梭的脚步声是那么清楚。

"这些年来，你从未做错过，从来你都是有道理讲的！对，你都对。从来没错过！"耿森气愤的语气里夹杂着无奈，然而每个字又是掷地有声的。

嫣然知道他说的是反话，只好怀着歉意小声说："耿总，我以后一定事前向您汇报。"

"不必了，今天是我最后一次问你工作，以后你的工作我不管了。"谈话过程中一直都是嫣然在谦恭地站着，直到离开经理室的那一瞬间，嫣然望见深邃楼道里照进来的阳光，突然有一种解脱的感觉，心想：太好了，以后他终于不过问我工作了。

## 壹

耿森今年五十二岁，15年前被上级部门派到泰康大楼任总经理。他是留美博士，能说一口流利的英语。想当年，他三十七岁，英俊潇洒、懂业务、年轻有为，是泰康大楼冉冉升起的一颗新星。当时，嫣然二十九岁，正是怀揣梦想的年龄，她已在办公室干了七年。最有意思的是，她竟然与耿森住在同一小区，她表妹与耿森住在同一栋楼里，二人生活中打头碰脸是常事。然而，多年工作关系，已让两人生疏成陌路，碰面时，耿森永远是昂着他高贵的头，视嫣然如空气。其主要原因是嫣然不同于公司其他中层，不会唯命是从、事事请示，也不会卑躬屈膝。多年来，嫣然不止一次自问：我从未伤害过他，他何来积怨？我们是在工作，我只是按照文件来执行，我有错吗？

今天当他终于说出再不管嫣然工作时，她释然了，只听嫣然平和地说道："您说话向来作数。好的，我明白了。"然后，她迅速离开了总经理室。

她不禁又想起半年前开大会时的尴尬场景。也是在一个阳光明媚的早晨，在十楼会议室召开的中层例会上，24位中层和五位经理围坐在长方形办公桌两侧。大家按照座位排序，两两相对，每个人都可以清晰地看到对面人的表情。除了温副总经理外出开会，其他领导都到位了。各部门交班汇报完，一直隐忍的耿森终于发飙了。"我是法定代表人，出了问题由我负责，你这叫越俎代庖……"每个人的目光都集中在嫣然无辜的脸上，只见嫣然无怨无伤无畏的脸上有几分忧郁，因为她知道这话不是在说她。主要是因为她负责的部门工作正在按照主管领导胡总经理的策划有序进行着，而这与耿森的思路相悖。只觉空旷会议室中，耿森的一字一句在空气中弥漫、盘旋。嫣然深知，耿、胡二人以她为导火线，终于开战了。

这是嫣然的伤处，因为她从不想引发任何战争。她认为，工作就是工作，这只是谋生的手段，搞成这样实在不值。她自己那刻的表情是什么样的，她也忘了，只觉无数双眼睛直直射向她，她只好双目紧闭，然后仰头望着天花板。天花板有序地排成一个个方格，那每一个方格好像就是她工作的权限，既要连接也有局限，是不可突破的。她想听听胡总的表态，因为这个男人平日口若悬河，讲起话来滔滔不绝、神采飞扬。胡总给她布置工作时，声音总是铿锵有力。每当嫣然问他："这件事情需要跟耿总商量一下吗？"他总是斩钉截铁地说："不需要，按文件执行就行了。如果耿总问起，我会跟他解释的。"于是，嫣然就直接按照工作流程去工作了。

然而，实在令嫣然失望，今天的胡总什么都没说。只见胡总依然端坐在耿森的左侧，但已无往日神采，满脸无奈，头已稍稍有些低垂。因距离太远，嫣然看不清他的眼神。嫣然是气愤的，胡平为什么不说话？自己的规划方案是按照正式文件执行的，胡平作为主管领导，他是赞许同意过的呀！

会议最终是以通过耿森确定的方案而告终。散会前，他带着胜利的喜悦，还特意带着轻蔑的口吻，眼睛直视嫣然说："大家都清楚该怎么办了吧……"然后吹着口哨离开了会议室。嫣然第一个快步走出会议室，她没有坐电梯，而是爬楼梯，从十楼一直走回到二楼办公室。她不想见到任何同事，也不想说一句话。回到办公室，她自己一个人锁上了门，任由敲门或电话声响起，她真的都听不见了……她不知坐了多久，只觉天已黑，楼道已一片寂静时，她才回家。但在她眼中打转的眼泪始终没有落下。

今天，嫣然平静地坐在了办公室里，她想通了，不干更好，安心静一静，养养精神多好啊！这三个月，没日没夜地跑基层单位，了解情况进行调研，做数据分析，联系相关部门做整改方案，写计划……本部门的同事叫苦不迭，可结果呢？她正想着，业务部负责人一脚迈了进来，阴阳怪气地说道："耿总让我通知你一声，你的方案得重新改……"

嫣然好不容易平静下来的心，一下子又被掀起波澜。"耿总昨天在会议上已经宣布你为这个项目的负责人，大家都听见了。方案我还得改？"嫣然的声音明显渐大。

只听那个负责人还在说："这事儿你还不明白吗？昨天耿总说话的意思，也不针对你，是领导层的问题。工作还得做，我们得继续呀……"

嫣然静了一会儿，说："让我想一想，好吗？"嫣然不想再跟他多说一个字。她知道，这个楼里就是有很多这样的人，打着领导的旗号不干活儿，还经常对别人说三道四。什么叫闲事儿，就是闲来生事。她鄙视这种人，平时也很少与他们往来。

嫣然当然知道工作还得继续下去，她直奔胡平办公室。今天胡总办公室很冷清，不用排队，这在平时是很少见的。胡平与耿森平级，是在半年前调来公司的。公司近期出台的一系列规章制度也是在胡平的主持下完成的。胡平比耿森大两岁，但工作却属于拼命三郎型的。他每天7点前就到公司，白天各楼层职工都能看到他的身影，下班也走得很晚，有时深夜还会来公司抽查安全工作。嫣然见他时，他还在看报表，办公桌上比往日干净。

"我部门工作该怎么干？"嫣然平日对任何人的态度都是尊重而谦恭的，今天明显有几分生硬了。

胡平不看她，放下手中材料，眼睛望着窗外，语气平和地说："就这样吧！"

办公室气氛跟昨天一样，好似再度凝结。嫣然隔着办公桌坐在胡平对面很久，凝视着这个一米八五曾当过军人的男人，不禁想：你往日的风采哪儿去了？军人就是这样当的吗？你昨天在会上为什么不说话？我工作干得有错吗？……一串串的问题她差点儿就破口而出。但是，当她看到胡平低垂的眼睛，他一味地看着办公桌，一言不发，她也如泄气皮球一般，不自觉长叹一声，走了。这样的事情在职场中常有，嫣然能理解，也能消化。她知道工作都不容易，只是觉得这样干，太窝囊，眼泪还是不自觉地流了下来。

没等她把眼泪擦干，迎面而来的匆忙脚步差点儿撞上她，抬头一看，业务部骨干玲姐正一路小跑地往办公室冲。楼道里很安静，只有保洁大姐一个人正在擦着楼道的窗台。这层楼的保洁很辛苦，从早干到晚，从每间办公室到楼道，从玻璃到窗台，不停地清洁着。只听一声巨响震惊了整层楼，嫣然也停下了脚步，朝着传出巨响的办公室方向看去。安静的楼道一下子拥出好多人，"玲姐受伤了，快叫120啊！""不用，不用……"原来玲姐没有看见离办公室最近的地方还有一道玻璃幕墙，整个人只顾跑着赶紧到办公室，头部、脸部、身体，整个人一下子撞在了玻璃幕墙上，整道玻璃幕墙立刻皲裂。玲姐脸上在流血，是从哪个部位冒出的，谁也不知道……大家都蒙了，一个声音传来："别紧张，我来看一下，是口腔出血了！"

温经理扒开玲姐的嘴，"好像牙齿有脱落，马上带玲姐去最近的医院看看吧！"

"不行，客户还等着呢，得把公章盖了，合同才算签完……"玲姐脑子里还是工作，因为她看不见自己现在的样子，只知道自己身上也有血迹。"好的，知道了！""快点儿扶着她，办公室去两个人陪着她……"一阵忙乱后，同事陪玲姐去医院，11楼的楼道里又恢复了平静。只听有人在小声说："这得多大的撞击力啊！""不会撞出脑震荡吧！""太吓人了，这玻璃擦得跟没有一样啊……""这工作干的，真够拼的……"保洁大姐脸色苍白，吓得躲进了卫生间不敢出来，又忍不住探出脑袋听听大家在窃窃私语些什么。

## 贰

嫣然又从11楼走楼梯回到二楼办公室，脑子一直在想事情，走得很慢，这时手机铃响了，"潜然，快回家，你爸摔着了，快快……"是母亲英娘，她的声音听起来不仅急促而且恐慌，还把嫣然叫成了潜然。"嗯，马上，您别急啊！"嫣然很怕有脑出血病史的英娘再出事情，加快了步伐。

当知道心肌梗死发作的父亲就这样急匆匆地离开人世时，嫣然体味到了什么叫血浓于水，一个人哭了许久。嫣然想不明白父亲从什么时候开始心脏出了毛病，怎么就这样突然离世，让她来不及想清楚父女间的亏欠。她还想等孩子再大些，有时间多去看望父母，多靠近父亲。嫣然有了孩子后也知道父母的不容易，她想用自己的暖情融化他的冰冷，将来自己也可以问心无愧，最好能找回哪怕一点点父亲是爱自己的证据。

在嫣然年少的记忆中，父亲就是冰冷的"暴君"。除了用狠话训斥嫣然，嫣然记不清其他父亲说过的话。父亲曾说嫣然是"那颗不亮的星星"。每逢周日，他整个上午都会在书桌铺纸写字，用红蓝铅笔圈圈点点，吞云吐雾陷入沉思。当他起身离开，嫣然会忍不住去扫一眼红格纸上写了什么。都是名字，是家族成员的名字和"天道酬勤"四个字，还有一行很小的字，大概意思是："外表冷漠的人都有极其丰富的内心世界。"现在看来，这行字很像是在说父亲自己。不到睡觉时间，父亲肯定是站如松，坐如钟，声音似洪钟，甭管多热的天，他都穿着背心，不肯袒胸露背。他曾经是一名空军战士，开过战斗机。嫣然的脾气很像他，说话直接，脑子不转弯，还有点儿急性子。嫣然不愿意想起父亲，嫣然小时候送她上学的是爷爷，到学校开家长会的也是爷爷。父亲没有给嫣然买过任何礼物，就有一次嫣然告诉父亲，自己想买一副羽毛球拍，还被父亲拒绝了，理由是家庭过日子需要勤俭节约……

　　嫣然经常会想起，有很多回，父亲歇斯底里地说："我老了不用你们管，你们也别想给我找麻烦，自力更生吧！"是的，父亲这辈子真的没有给子女添麻烦，都没有听过他说自己身体有什么不舒服，更没有去医院看过病。父亲的生平就是最平凡的一个普通人，可嫣然作为女儿却从未走进过他的内心。确切地说，他们之间是一种离奇古怪的父女关系。也许没有人相信，"爸爸"这个地球人都可以通用的称谓，在嫣然嘴里却呼不出。而今想来，嫣然从小自觉地疏远父亲，真是为了减少自尊心受伤害的次数，少听那些扎心的责骂。父亲最擅长用高亢的军人嗓门儿把嫣然说得一无是处，以至于她会常常自己躲在棉被里，把头蒙上不停地流泪。

　　她一直以为自己恨父亲，因为父亲在她心里是严厉而苛刻的。小时候，她没去过理发馆，一直都是父亲给她剪头发，而且会剪得很短，嫣然觉得很难看，跟个男孩子一样。父亲对她穿衣服也有要求，尽量简单朴素，不让她穿花衣服。每次母亲英娘给嫣然添新衣服，父亲都会数落英娘。过年时，也不允许她涂指甲油，即使涂上了无色透明的指甲油，如果不幸被父亲发现，嫣然就得挨骂而且必须卸掉。只要父亲干活儿就要带着嫣然一起干，不管是修水龙头还是补自行车内胎。记得初三快毕业时，家里需要盖小厨房，嫣然放下练习册也得跟着父亲骑自行车去拉沙子。嫣然自己装满了一袋沙子，但怎么也搬不到自行车上去。父亲对此似乎视若无睹，独自骑着驮沙袋的自行车远去。看着父亲骑车远去的背影，她只能一次倒出一点儿沙子反复试着努力将沙袋搬上自行车，结果直到只剩三分之一袋沙子时，她才勉强用尽全身力气把它放到了自行车后架上。嫣然急得哭了，因为那是她一锹一锹费了好大劲儿才装满的沙袋。那个冬日的晚上，她骑着驮着沙袋的破旧老式二八自行车，两只手使劲压着不停晃荡的车把，后架上的沙袋压得车胎也快没气了，好像整个车子连她这个人都要来个后空翻，八十斤的她根本压不住这沙袋。她再怎么使劲蹬车也不好好往前走，厚重的棉服起不到御寒的作用，反而成了碍事儿的麻烦，急得嫣然一身汗，好不容易才骑回了家。父亲到家，等她不来还着急了。嫣然的脾气性格与父亲相似，因这倔强从小到大不知挨了父亲多少打骂。

上学的时候怕父亲数落自己，嫣然努力拼命地学习，为了不跟父亲在一个屋檐下，考上了外地的一所知名大学。为了省路费，也为了少见父亲，她不愿意常回家，总是过年的时候才回家团聚几天就返回学校。在嫣然上大学的第三年，父亲到嫣然学校所在的城市出差，打电话告诉嫣然，让她明天到宾馆找他。那天，嫣然清早出发，穿越大半个城市，从东南方向到西北方向，辗转搭乘多班公交车。嫣然想，虽然自己和父亲没有什么话，但也算是有个家里人来看我，别人的父母跟走马灯似的来学校看望自己的孩子，送零花钱送好吃的，我父亲这次来，肯定也是送零花钱来的。到了宾馆已经快中午了，嫣然心想着父亲肯定带上自己一起吃顿饭，解个馋。想得挺美！进了宾馆房间，嫣然一共坐了15分钟。父亲把她审了一通，学习情况、生活情况……那尴尬实在是度分分钟钟如年年岁岁。父亲问她有什么困难。嫣然说想要十元钱买复习材料，他立刻瞪圆了眼珠子："你上大学家里面已经全力支持了，大学里不是有图书馆吗？书籍可以借阅，生活要勤俭……"嫣然心想，平时乡亲们来家里，都有吃有住，走时家里还负责给买返程车票，我这上学就得勤俭了？！嫣然的眼泪在眼眶里打转，紧咬嘴唇，站起来开门就要走。父亲叫住了她，拿出钱包凑了九元钱。嫣然想，我就是他嘴里"那颗不亮的星星"，接上这钱就叫没出息，干脆一分没要就回学校了。从那以后，两人的心理距离更远了。有什么心事，嫣然会跟奶奶爷爷说，以至于嫣然要结婚了，都是爷爷奶奶知道后告诉父亲的。

### 叁

父亲去世后，嫣然把母亲英娘接到了自己家里。英娘有脑出血的病史，一侧身体行动不便。丈夫的去世加剧了英娘的病情，不知是不是因为恐慌，英娘夜夜不好好睡觉。每晚等到母亲躺下，发出轻微的呼噜声，嫣然才放心睡觉。可不久准会听见母亲自言自语："唉，口渴了，想喝水！"没过一会儿又听见隔壁床吱扭吱扭的声音，显然是英娘在床上想起身又起不来。嫣然起身，去隔壁扶母亲费劲地起来。"不喝了？就喝一口吗？"嫣然轻声问英娘。英娘答应道："天天这样，口渴吧，还不敢多喝，一会儿还得上个厕所！"然后，就听两个人的脚步声穿过房厅，进入了卫生间。等嫣然躺回床上时，已经是一个小时以后了。这一宿过得好漫长，英娘喝了三次水，去了两次卫生间，手里不停地摇着大蒲扇，自言自语："这天太热了……"直到天亮了，英娘开始打呵欠，喃喃自语"我有些困了"，才闭上眼睛睡了。

嫣然已经好多天没有睡好觉了，深深体会到了父亲的不容易。那日，她一进办公室大门就对科室同事说道："大家听好了，不管工作多忙，多么不顺心，我们都要照顾好自己，不要让自己的身体受到伤害，听明白了吗？"大家看着她，有些惊讶。想想三个月来，她总是要求大家加油干，告诉大家，不想当将军的士兵不是好士兵。这时，科室中最年轻的小王小声说话了："大家知道吗？跟我一起入职的、在业务二部的小倩得病了。"她说话声音明显带着悲伤。"什么病？严重吗？""听说是甲状腺上长了一个肿物，还是恶性的！""啊，多年轻啊，可得注意身体……"

嫣然的办公桌紧靠窗户，听着同事们的谈话，她看着窗外，又想起了心肌梗死去世的父亲。母亲从脑出血恢复至今已经有四年了。父亲去世前每个星期嫣然一家三口准回家看望，总听英娘说父亲做饭很难吃，洗的床单也不干净，关键是父亲又数落英娘了……父亲从没有说过自己累，每次都对两个女儿说："你们好好工作就行了，家里的事情不用想，有我呢！"嫣然还回忆起，每次父亲坐在沙发上就能睡着的样子。她不知自己朝窗外看了多久，只听有人问她："又伤心了？"她才回过神来，发现自己不知什么时候眼泪已经流下来了。

嫣然难过了些日子，处理好家中的一切事务，又开始处理工作了。她对自己说："一定要让父亲在天上看着，这颗星星很明亮！"

嫣然不仅努力干业务，还兼任单位的妇女委员。这日，她去慰问生病住院的同事，在返回公司的路上接到科室下属电话："领导，你在哪儿了？出事了！"电话那头的声音还有些吵。

"我与楠楠去看望生病住院的李会计了，怎么了？"嫣然不紧不慢地说道，"声音怎么断断续续的？别着急，慢慢说！"自从父亲去世后，嫣然好像一下子就安静了，大家都说她像变了一个人。业务工作她也努力干，但再也没有发过脾气，她还经常告诫大家：只有身体好，才会有一切。身体是一，有了这个一，后面的零才有意义。

"刚才院子里各部门经理、副总们都在……好像是胡总经理开着会，就昏倒了……刚才，胡总经理的爱人来了，一起乘着120救护车走了……刚才院子里站满了咱大楼里的职工，大家都在议论，胡总经理这肯定是累的，还有就是气的……还有，最重要的一条，好像说是肺癌脑转移……"只听那边断断续续不停地说着，嫣然安静地听着，始终没有说话，最后说了一句："嗯，知道了。"嫣然也心酸，刚刚慰问的这个同事很年轻，才三十岁出头，患的是乳腺癌，已经做完手术，一侧乳房基本全部切除。那同事躺在病床上有气无力的样子，还在嫣然脑子里回放。李会计平时工作起来都是生龙活虎的梯子，可一旦生了病也是最脆弱的。只记得李会计说："唉，人只有到了我这个时候，躺在这里，才知道生命的意义。"

"一切都会过去的，一切都会好起来。相信我，我总来这里慰问职工。刚做完手术，是最虚弱的时候，也是最难熬的时候。等一个月以后就会慢慢恢复了，别灰心。现在就安静地休息，什么也别想……我们还会再来看你的！"嫣然紧握住同事的双手，能明显感觉到她的手渐渐有了些力气，还看见了她眼角有闪烁的泪光。嫣然知道其中藏着恐慌、担心、害怕，当然也有希望、感激和感动……

嫣然拿起手机发了一条消息：胡总经理，我们大家会一起为你祈祷，坚持住，一定会好起来的！

第二天在大楼的地下车库，嫣然碰见了温副总。两人说起了昨天胡总发病的事情。昨天的情景应该是这样的：

公司开了一天的专题业务讨论会，中午散会的时候，胡总站起来后不知怎么又一下子坐了下来，一个趔趄差点儿摔着。大家还笑着逗他，老胡是高血压了吧！下午，继续开讨论会时，胡总经理不知怎么一下子就趴在了会议室的长桌子上了。当时大家有的在发言，有的在讨论，起初谁也没有注意到他的反常表现。大家发现不对后，赶紧打了120急救电话，同时通知了家属。等到其妻子赶到时，胡总经理已经醒了。但他明显身体不适，120拉着他就直接奔向了有权威的医院——总医院。

这天早会散后，温副总与嫣然，连同办公室主任，一起去看望了生病住院的老胡。这时的老胡，脑袋上已经缠上了绷带，他刚刚被确诊为肺癌脑转移。他见到大家既高兴又难过，还用力说道："温总，你来得正好，那天咱们商量的方案，星期一开大会时，你得在大会上宣布啊，这事儿定下来就得干，耿森他是同意了的……"

温副总经理皱着眉头说道："都什么时候了，你就别管工作了，治病重要！"病房里立马安静下来，老胡比画着的大手在半空停留了一下，眼睛低垂下来。

嫣然看在眼里，知道平时他们关系是极好的，接茬道："温总的意思是您先安心住院治疗，单位的事情等您病好了，咱们再继续加油干！我们大家都为您祝福！"

"我看见你发的微信了，谢谢大家了！"老胡看着嫣然有些不自然。临走时，老胡跟每个人还握手告别，大家情绪有些低落。到了嫣然这儿，老胡伸出的手停顿了，嫣然知道他们之间有误会，主动把手伸过去，说道："上次那套方案被耿总否定后不久，我父亲就心肌梗死过世了。近期家务事太多，我也休息了几天，好久没有向您汇报本部门的工作了……您保重身体，我们会再来看您的！"嫣然语气平缓，简明地解释着一切。生病的老胡认真听着每一个字，点着头，眼睛一直看着嫣然，重重地握了一下手，说："好的。"

返回途中，大家你一句我一句地讨论了起来。"昨天回家后，婆婆说我了，以后咱们到点就吃饭睡觉，生活一定要规律，你们胡总肯定是工作太累了！""我爱人也说了，他们医院这种病人可多了，但治疗结果都不太理想……""我昨天也找朋友咨询了一下，转移的病人不太好治疗！"

嫣然却说："昨天电视新闻报道了一条消息，一位曾经当过兵的老大爷从八十几岁患上癌症，多处转移，查出一处切掉一处，现在已经九十多岁了，天天早上吃炸糕，去公园锻炼身体，身体好极了……"

"那是极少数的！医院朋友说，一旦确诊，血液里就都是癌细胞了……"

### 肆

日子一如既往地过着，父亲的朋友总来电话慰问母亲，老家的远房亲戚也经常询问母亲的情况，姑姑们也总来看望英娘，总有人惦记着的生活好像治愈了英娘。嫣然的生活范围被圈在家、单位、养老院三个点位上打转。

一晃两年过去了，英娘生活平稳了，也能整夜睡觉了。可嫣然却发现自己好像病了，先是在脚脖子处有一块瓶子盖大小的硬皮，皮肤颜色发黑。一个星期后，另一条腿的相同部位也发现了相似的硬皮，不疼不痒。一个月后，这种硬皮从脚一直蔓延到了前胸，两侧对称长的，依然是没有任何不适。五月的天气已经很热了，但嫣然不敢穿裙子，当她撩开裤腿给皮肤科主任查看时，医生也有些被吓到了。

经医生诊断这是严重的湿疹。"会累及心脏的，已经很长时间了吧？为什么才来看病？"医生很少见到这么严重的湿疹病例。嫣然也问了一串问题："我想知道，最快速的治疗需要多长时间，下个月我还有一个很重要的会议，得出差！这个病您肯定能治好，我知道您是这个城市最有名的权威专家了……"医生给出的治疗方案是中西医结合治疗，先是激素输液控制病情，然后开始至少三个月的中药治疗，中药每日一煎，分两次服下。

那年的天气出奇的热，从五月中旬开始室外温度就经常达到三十摄氏度以上。嫣然浑身上下蒙得很严实，同事以为她怕被晒黑了，还经常取笑她。每日坚持上班，她没跟任何人说起过病情，只是偶尔有同事会闻到一股中药味，她总是笑而不答。吃中药的副作用就是严重腹泻，嫣然体重也明显减轻，原来已经穿不进的衣服，现在她都能轻松驾驭。姑姑们也以为嫣然是减肥成功，还劝她一定要注意营养。那年暑期公司半年会，她也如期而至，偷偷带着煎好的中药参加。只有她自己知道那年的伏天她是如何度过的。

嫣然每天一身的大汗，不能吃冰棍儿，不能开空调，水果要吃煮过的。专家说，嫣然身体寒凉，要经常喝冬瓜汤，得用姜做药引子。每次煎药配半斤姜，喝一口下去辣味从头顶烧到脚趾。即使在三伏天，嫣然的长头发都能拧出水来时，也坚决不开空调。嫣然每次喝完药，至少跑三次卫生间，专家称这是在祛体内湿气。最让她难以忍受的是，喝了这剂中药后，两条腿奇痒无比，尤其夜晚症状更加明显。嫣然不敢用手挠，只能用两手不停地上下搓，搓下一层白皮屑。专家说，这是好现象，这是除陈出新。这个药方子最多吃一个星期，就得去医院诊脉换药。嫣然的药一般医生还不敢给开，有两次这个主任医生外出开会，嫣然只能找其他老医生看病开方子，新医生一看嫣然本人，再看药方子，连问："这药是你吃吗？用量这样足，你受得了吗？"即使嫣然一直点头说："受得了，受得了！"那医生也不给开，只开了平时一半的量。嫣然每次去看病，都得问医生："我身上的斑块什么时候能好啊？"记得医生是这样形容的："见过烂苹果吗？那斑块就是腐烂的肌肤，得一点一点长出新的肌肤，把最上面腐烂的肌肤都顶下去，就彻底好了！每日奇痒就是在长新的肌肤……"

那个夏天，嫣然破天荒买了好几条长裤，原来微微隆起的"游泳圈"也不见了。她成了医院的常客，与公司的胡总经理总在同一所医院见面。老胡经过伽马刀定位治疗，消除了大脑中的癌细胞，又经过长期的靶向治疗，肺癌得到了有效控制。老胡休养了半年后，就上班工作了，也许是因为生病会使人醒悟，老胡还与嫣然成了朋友。嫣然说老胡很像自己的父亲，一派军人作风，让人反感但逼人奋进。老胡说嫣然直爽豪迈，有当兵的潜质。

值得庆幸的是，嫣然不仅没有因病耽误工作，在那年的年会上还被总公司评为"先进部门经理代表"，她是那群代表中唯一的女性。她上台发表获奖感言时，是这样说的："我今天站在这个领奖台上，最应该感谢的是我的父亲。我从小因为胸无大志、不思进取而被父亲称为——不亮的星星。感谢一直有父亲的鞭策，感谢公司为我们提供了公平竞争的舞台，感谢与我一起努力工作的团队……"一头过肩的长发，一袭藏蓝色长裙，谁也想象不到这样优雅的女士会有一身斑块。

那年年会过后，耿森被调往郊县分公司任领导。宣布任免通知那天，嫣然看见耿森站在 11 楼东面的圆弧落地窗前，久久望着远方。他在做临别讲话时说："这里好似我的故乡，我将去往新的征途，我们都有过去、现在和未来，愿留住美好，期待未来……"耿森与嫣然依然住在同一个小区。

嫣然记住了父亲说过的那句完整的话："每个人都好似天上的星星，各有各的位置。只是有的星星亮，有的星星不亮……"

收　获

信念的魅力在于即使遇到噩运，亦能召唤你鼓起勇气生活下去。满婷就是这样一个有信念的家庭主妇。在嫣然眼中，满婷是一个幸福的女人，有宠爱她的老公，有两个漂亮的女儿。多年来，满婷一心做好家庭的后盾，朋友圈总会晒出两个女儿的照片。自从夏秋阳——满婷的老公调任云南成为公司的"封疆大吏"，满婷也成了随行夫人，带着五岁还未上学的女儿随夫去了云南普洱的大山里。满婷在那里度过了一个女人最美好的十年，还在四十岁时又添了一个漂亮可爱的小女儿。满婷与嫣然有十年未见过面，只是在朋友圈可以看到对方的一些照片和消息。

### 壹

2017 年年底，满婷一家回到了津城生活。接到消息，嫣然很奇怪，满婷怎么舍得离开都市人都崇拜的天然大氧吧，放着几百平方米大院子的别墅不住啦？满婷不是还一直在邀请嫣然过去小住，要带她领略大自然的风景吗？还没去呢，她怎么就回来了……嫣然带着一堆的好奇与问题，想要尽快与满婷见面。

嫣然来到津城市中心的高档社区——尊邸，与满婷见面。这里是津城的老城里，嫣然姥姥家的旧房子原来就在这里。嫣然的记忆一下子回到了四十多年前，她小的时候。

　　嫣然记得这里原来是成片的平房，离姥姥家很近。有蜿蜒狭长的胡同，一个院子套着一个院子。房子都是当初每家每户自己盖的，房子大小不一，高矮不等，外墙颜色、材质各异，有青砖的、红砖的，也有土坯的。经过风吹雨淋，不少房子顶上长出了野草。夏天时，疯长的野草郁郁葱葱，遇风飘扬，逢雨摇曳，还常常引来绿色大蜻蜓，别有一番风味。一个院子里少则几户，多则几十户人家住在一起，逢年过节人来人往，好不热闹。只是那时自来水没有入户到家，一大片居民共用一个自来水龙头，家家都有一口储水的大缸，每家每户都要自己挑水喝，大家经常在做饭的时候排队打水。还有就是，冬天每家每户都有一个大煤球炉子，天天折腾煤饼子，拿火筷子一捅，炉中之火满膛蹿腾，灰尘飞扬。最难的是大冬天，北风吹着，人们还得出去排队上厕所。嫣然小时候问过姥姥："这里地方小怎么住这么多人呀？还没有我家大呢！可有一点特别好，就是夏天没有蚊蝇，不用挂蚊帐，为什么？"姥姥说："别看这里条件差一些，可是这里原来是老城里，所以人群密集啊！你家现在住的地方先前是城外……"小的时候听不懂姥姥的话，长大后嫣然还特意查了一下这里的历史。

这座城市有六百多年的历史，是座实打实的古城。因水运发达而兴盛，逐渐发展为漕粮、军事重地，也使得各地富豪商贾陆续云集这里。明永乐二年（1404），这座古城就有了城墙，只不过那时的城墙是土墙。从高空俯视，城区为长方形，东西长、南北短，当时叫"算盘城"。明弘治六年（1493），重修城墙，在土墙外用砖石包砌，并重建了四门城楼。清雍正年间，洪灾致使城墙坍塌损毁，盐商捐巨款重修城墙，加宽城墙基座，厚度为三丈二尺，增强了其抗洪防御能力。从此，这座古城的军事、经济、商贸地位不断提高。安稳蓬勃的经济环境，让富豪商贾云集，府衙机构也纷纷迁往这里。当时的老城里指的是被城墙围住的居民区，就是现在东西南北四条马路中间，被十字主干道划分为均等的四块居民区。嫣然知道姥姥就住在这里面。

30年城市变化翻天覆地。这里早已是高楼林立，谁还记得原来的景象。嫣然不知不觉已经到了小区门口。满婷住的尊邸社区管理很严格，没有门禁卡根本进不去。那天是个工作日，嫣然倒休，社区没有什么人进出，她等了好久才见一位小区内的大婶买菜回来，嫣然跟大婶搭讪了一会儿，才随着进了尊邸。小区里高楼林立，一排排楼宇如同士兵一样整齐站立，宽景落地窗在阳光照射下反射出耀眼的光芒。小区景观设计很有南方风格，嫣然走过小桥流水，再过凉亭，又是满眼的湖面，冬季暖暖的阳光映射在结冰的湖面上，依然刺眼。这里到处都闪着光，与现代大都市的玻璃幕墙交相辉映。楼宇大堂依然是高大亮丽的景象，一幅印象派油画巨作立于眼前，杏色大理石地面与棕色玻璃板墙光亮如镜。嫣然喜欢色彩，偶尔也画画油画。她站在巨幅油画面前看了很久，想起了莫奈的《晨雾》、凡·高的《杏花》，同样色彩对比强烈，但嫣然没有看懂这幅画的内容，是抽象派吗？嫣然满脑子想的还是画，带着疑问，她按响了满婷家的门铃。

家里只有满婷一个人，她的两个女儿一个上初三，一个上幼儿园。丈夫夏秋阳回云南努力工作去了。多年未见的两个人手拉着手，好一通热聊。满婷还跟小时候一样，说起话来不停歇。嫣然边听边打量满婷家这套租住的两居室。不大的朝阳客厅里，阳光晒得人睁不开眼，离开沙发靠窗而坐，她才看清屋里的摆设。一个三人皮沙发，对面是一个不大的电视柜，客厅显得有些拥挤。儿童小三轮车、各种小玩具散落在地上、沙发上，哪儿哪儿看着都那么乱糟糟，还有一个巨大的毛绒熊慵懒地"躺"在走道上，好像在认真地听着她们的谈话。

满婷一口气不停地说道："我家老大琪琪，突然说不想出国上学了，她想回来读高中考国内的大学。这是放了寒假，她才做的决定。我与秋阳都不敢相信我们的耳朵，我们想考虑考虑再做决定，可老大一个劲儿地闹啊！说什么现在她上初三，正好是个转学的好时机。她要在一线城市上高中考大学，不想在这穷乡僻壤的山里过了。为了支持秋阳的工作，我们已经在那里陪了他那么多年，也应该为孩子的将来想想啊……"满婷继续说着，"听了孩子的话，确实有道理呀！于是一家人立即收拾家当，连夜倒航班回来了。"满婷这时突然接到幼儿园老师的电话，让给二女儿送衣服过去，孩子的饭菜洒在身上了。满婷只说让老师先给擦洗一下即可，她就不过去了。放下电话，满婷接着说道："每天有没完没了的事情，你看看这家里乱的，我也来不及收拾……"

原来，他们一家人回来得急切，匆忙住进租下的一个大三室。刚刚收拾好，她才发现楼下住了一个精神有问题的老人，因孩子小总在屋内跑跳，那个老人找来不依不饶闹了一通。后来听邻居说，才知道老人精神有问题。因为平时只有满婷一个人带两个孩子，所以他们又找中介才换到这个小区。但是这套房子较小，两居室，而且卧室更小，他们一家人从云南的三层大别墅一下子搬到这里，每个人都不习惯。满婷带着嫣然在这里看了一下，他们整箱还未收拾的衣服都堆在一个角落，堆得很高。在床头柜显眼的位置上，摆放着一张合影，嫣然脱口而出："两双小筷子！"

"两双小筷子"是 20 年前，大学同窗们给嫣然和满婷还有各自爱人起的昵称。因当时他们两对情侣合影，四人一般高，特像两双齐刷刷的"小筷子"。

长大后，满婷很漂亮，性格温和，是那种站在人群中会让人眼前一亮的姑娘。而嫣然却是能与男孩子玩到一块儿的直性子女生。她们从上小学开始一起长大，两人无话不说。然而，当满婷邂逅生命里另一根"小筷子"，在人生十字路口的果敢选择，却让嫣然一次次惊讶……

　　满婷大学毕业后，以优异的成绩被选派韩国进修学习了三年，这在当时属于难得的好机会。嫣然顺利进入公司工作，不久也被调到行政管理岗位。那段日子，她俩鸿雁传书，嫣然至今还保留着已经泛黄的一沓厚厚的彩印花笺——13封信。一封封信笺珍藏着两个姑娘之间的心灵交流、青春秘密。满婷回国后，与她第一次见面的样子嫣然还记忆犹新。满婷的披肩长发染成了深亚麻色，黑色宽松的毛外套下是紧身裤配上全棕色高筒靴，简直是一个时尚美人。

　　满婷性格温柔善良，人缘很好。没过多久，她交男朋友了，男朋友是实习进修单位的同事，外地人，特招大学生，单位的骨干。嫣然依稀记得满婷细细描述着那个他时兴奋的样子。嫣然当时就在想，什么样的男人，让她如此痴迷？然而，第一次见到那根"小筷子"时，简直让嫣然出乎意料：个子不高，精瘦，还算帅气的脸上戴着眼镜，与满婷并排一站，齐头并肩。不过，话不多的他倒是句句掷地有声！从那时起，爱赶时髦的满婷，再没有穿过高跟鞋。嫣然想，这就是爱情的力量吧！后来，这男人成了满婷的丈夫，他就是夏秋阳。

也真如满婷所述，夏秋阳担起了一个男人所应该担负的全部重担。嫣然也蓦然觉得，这位表面文弱的小伙子有种内在的刚猛。起初，满婷的家人一致反对女儿嫁给这位当时什么都没有的青年。但满婷的选择却让嫣然见识到了熟悉好友从未有过的坚定和执着。满婷说："这就是我认准的人……"

顶着家里的压力，满婷他们开始布置婚房。婚房在单位隔壁、外环线边上刚兴建的还没有住多少户的小区中。一套面积不大的顶楼房子，单位只给使用权，小区门口的公交线仅有两条。他们自己装修、买家具，让新家充满柔情蜜意。结婚当天，因为亲朋都在外地，只有那根"小筷子"——夏秋阳自己坐着婚车去迎娶新娘。这在当时有些不合婚俗，但他们从此开始了自己向往的幸福生活。嫣然由衷佩服这双"小筷子"。她知道，是夏秋阳燃起了心爱姑娘的勇气，给了满婷希望与依靠。

夏秋阳工作不分白天黑夜，不分工作日还是周六日，只要单位有事儿，他随叫随到。主管工作的领导对他放心，他出成绩是必然的。有了孩子后，因居住地距离满婷单位班车车站很远，他怕满婷赶公交辛苦，就雇了一辆车天天接送满婷。每天清晨看着满婷打扮漂亮出门上班，夏秋阳一个人抱着几个月大的孩子坐上公交，把孩子送到市里看孩子的阿姨家，再坐公交车折回来上班。下班再坐公交去接孩子，他就这样往返穿梭于市区、家里和单位之间，他疲惫得在理发店剪头发的时候，都能睡上一觉。而一贯爱美、时尚的满婷，也成了勤俭持家的好手，连喝过饮料的易拉罐，她都存了一大堆，定期卖到废品站。当时，嫣然还曾笑满婷说："这与你的打扮太不相符了！"满婷却说："为了工作，为了家庭，夏秋阳一点儿不顾自己，他真的太爱我了，我做这些都不算什么……"

几年后，夏秋阳被提拔到经理的岗位，他的优异业绩和照片被刊登在重要报纸的头版上。年轻有为的夏秋阳，很快被猎头公司看中，顺利进入到一家行业龙头单位，担任重要职务。这双"小筷子"，买了自己的新房，满婷每日依然把自己打扮得漂漂亮亮，休息日陪着孩子去练钢琴、学画画，自己练瑜伽、跳肚皮舞……幸福洋溢在一家人脸上。后来，总公司需要在祖国边陲建厂，满婷的那根"小筷子"不得不担任新职。当夏秋阳还在彷徨犹豫时，满婷却鼓励夏秋阳："是金子到哪儿都发光，你去哪儿，我就去哪儿……"

满婷第二次不顾全家人反对，辞掉稳定的工作，放弃舒适的生活，带着还未上小学的孩子，跟着夏秋阳走了……十年前离别的情景仿佛就在嫣然眼前，这是嫣然第二次目睹满婷做出果敢的抉择。如若第一次他们结婚是出于青春激情，那第二次满婷辞职与离家真可谓不离不弃。嫣然羡慕满婷温情与果敢并存，也欣赏这个为家担当的男人敢闯敢拼。在那时，满婷也真正明白了"二人同心，其利断金"的真正含义。

十年间，嫣然只能通过满婷在社交软件上发的照片看到他们一家人的身影。满婷偶尔回来，嫣然与她也只能匆匆坐上半天，还没看清她的蛛丝改变就又分开了。后来，这双同舟共济的"小筷子"在遥远边陲又有了一个聪明漂亮的小天使。夏秋阳工作的厂区也从十年前一眼望去贫瘠的土地，发展出了成片的茶山、茶厂，成为兼具旅游功能的、成熟的综合商业机构。嫣然常常在想，这双"小筷子"要长成参天大树在那儿扎根了，可能不回来了。我们这双"小筷子"，只能等到老了，退休了，再去找他们重温年轻时两双"小筷子"在一起的美妙时光……

看着多年前四人的合影，嫣然和满婷不禁想起了年轻时的趣事。他们四个人一起去海边，看日出、日落，背着比自己还大的塑料鳄鱼游泳圈去滑沙，结果回来时夏秋阳发现丢了价值不菲的眼镜，而嫣然却不幸丢了钱包……现在谈及，两人还是笑声不断。

满婷说道："这次回来，只有我一个人带着两个孩子，夏秋阳得回云南继续工作，每月只能回来一两次。他得两地穿梭，正如 20 年前他一人抱着一个孩子，每天乘坐公交往返一样，既要干好工作，还要兼顾家庭……"

"你能行的。你已经让我很意外了。一个人带两个孩子，一个上高中，一个上幼儿园，我想都不敢想……"嫣然发自真心地鼓励满婷。

"我是有些心虚的，可是不这样又能怎么办呢？我已经多年不工作了，只能为这个家做这些……有一件特让我生气的事情，就是我们家这个老大，越来越管不了了，我只要一张嘴，她就一脸不屑的样子，说我家庭妇女懂什么……"满婷说着说着委屈得真要掉眼泪了。

"孩子正是青春期，这样大的孩子都是这样的，我们那时年轻，也不听父母的话呀！你不就是典范吗？"嫣然想逗满婷开心。

满婷意味深长地说："咱们从小一起长大，跟你说句心里话，我真有些害怕，岁月不饶人呀！我跟你没法比，你一直有自己的工作。你知道吗，现在夏秋阳身边都是年轻的研究生……夏秋阳在当地是很知名的人物了，他们公司在当地很有影响力。"

嫣然看出满婷明显没有了自信，与20年前的满婷不一样了。嫣然安慰了满婷一番后，就到了满婷该接孩子的时候了。两人相约了再见面的时间，满婷还有好多话要跟嫣然说。

回家路上，嫣然脑子里都是满婷的影子，满婷既要照顾青春期逆反的老大琪琪，又得时刻紧盯刚满三岁的老二爱爱；既要管孩子的学习，又要照顾一日三餐，还要严格按时做好孩子的接送。嫣然不禁问自己：如果换作自己，能行吗？

## 贰

　　嫣然和满婷第二次见面是一个月以后了。嫣然约满婷去看电影《速度与激情2》，满婷很是兴奋。两个人在哪儿吃饭呢？嫣然说已经订好了餐厅，可满婷非得坚持回家吃，要亲自给嫣然做饭。这次见面，满婷状态明显有了疲倦，皮肤有些暗淡松弛，法令纹明显加深，衣服也是一身随意搭配的休闲装，头发用发卡简单一扎，没有化妆，一看就是四十多岁的女人了。嫣然心疼满婷，但又不能说，担心打击到满婷，只能欣然接受满婷给自己做丰盛的美食。

　　两个人先到了超市买了二斤新鲜排骨，回到家后，满婷把已经泡了一夜的糯米拿出来控干。接下来，将排骨洗好后放上姜末、葱花、色拉油、酱油、盐、糖和鸡蛋清。腌制的时候顺便拿出那又大又圆的荷叶，把荷叶放在水中焯一下，荷叶顿时变得碧绿碧绿的。满婷拿了一个蒸笼，先把荷叶平铺在蒸笼上，再将糯米铺在荷叶上，将腌制好的排骨放进去，在糯米里面打滚儿，就像一个个调皮的小孩子在雪地里打滚儿呢！一切准备就绪，满婷把蒸笼放进蒸锅里，等待着荷叶排骨的出锅。看着满婷娴熟地做着，嫣然羡慕地说："能做这些，我想都不敢想！"

"我的工作就是做这些！"满婷顺口说道，手里还在洗着蔬果，"一会儿，再拌一个蔬菜沙拉，热量不大！"

嫣然看着荷叶排骨在蒸笼里不停地蒸着，脚像生了根一样，一步也不想离开。过了大约十五分钟，一阵阵荷叶的清香扑鼻而来，嫣然一阵陶醉，不停地问满婷："大概什么时候能好？"

满婷看着嫣然的样子，不禁呵呵笑："大概还得一个小时，哪有那么快呀，得有耐心！"

嫣然继续守在美味佳肴的旁边，不愿离开。闻着阵阵香气，嫣然说："这会儿闻到的香气，好像不是荷叶了……"

"快来喝茶吧！还需要等半个多小时呢……"满婷不紧不慢地说道。厨房里摆满了东西，油盐酱醋瓶子有的放在灶台旁边，有的放在地上，嫣然慢慢捡起地上散落的蒜皮。满婷道："我真的不愿意收拾，这是租的房子。老大看书都不愿意在家里，去楼下咖啡店！"她一边说着，一边将满地的玩具堆到一起，一脸无奈的样子。

"那你们今后是打算回来常住吗？你们原来的房子呢？"嫣然不解地问道。

"前些年一直不在家，把钥匙放在我妈那儿，隔一段时间我妈就得去看看。她年纪大了，住得离我房子那边也比较远，我妈就总劝我卖房子。开始我是舍不得的，后来老房子久久没有人住，有一次楼上跑水把我家给淹了。我跟秋阳一合计，就决定把房子卖了。"满婷继续说道，"谁知道后来房子价格涨得出奇，我们那时一百多平方米的房子，才卖了一百多万，亏死了。我都不愿意提！"满婷一脸沮丧，"现在我们回来了，这房子一个月租金八千多块，还这么小！"

"买个房子吧！为了老二能上个重点小学，想买个市中心的房子。我天天在网上看，两个孩子得买个三室吧！面积在150平方米以上的新房，六七万一平方米，算下来得八百多万一套，而且还要装修，我想想就头疼得厉害……"满婷又怨自己没主意，后悔当初卖了市中心的房子，现在手中只有一套郊区的别墅，太远不说，没装修也没办法住。更重要的是，郊区别墅的房价十年来根本没有涨，她说那是自己重大的投资败笔。嫣然的意见是，让满婷考虑一下买二手房，装修保持比较好不用装修的那一类。满婷说，自己不喜欢住旧房子，不想考虑。

饭熟了，两人边吃边谈论另一个话题——孩子的教育问题。满婷一提她家老大就气得不行，"她这么大了，比妹妹整整大了一旬，十二岁呀！那天妹妹碰了她的书，她一下子把老二推得老远，都撞到那面墙上了，老二哇哇大哭。我刚要说她，她还难过，先哭了，说她现在没有朋友，很孤独，说我不懂她，说我偏心妹妹……"满婷说着就伤心，"结果我没办法呀，大的也哭，小的也哭，我就也哭了。你说，我这过的什么日子呀！自己有房子住不了，天天挤在这个小屋里，有时想找个说话的人都没有！那天我真的难过了，就给秋阳打电话了……"

嫣然劝着满婷："一切都会过去的！会好起来的！"嫣然理解满婷家的老大，因为自己小时候就常说母亲偏心妹妹。嫣然答应满婷："你家老大的问题，我来想办法。哪天她有时间，我们见一面，好吧！"

两个人滔滔不绝地说着，时间很快过去了！


满婷的电话让夏秋阳很不放心，没过几天他就坐飞机赶回来了。端午节那天，他们两对夫妻各自带上自己的孩子欢聚一起。触景生情，大家又一次说起了四个人一起旅游还丢东西的事情。嫣然找到话题跟满婷的老大琪琪闲聊。

"琪琪，今年流行胭脂粉色的口红，我如果没有猜错的话，你涂抹的口红是梅子色的，对吗？"

一直低头看手机的琪琪，一下子抬起头来，"阿姨，你可以呀！我妈说我一定会喜欢你的，我不信。四十多岁跟我们是有代沟的，你怎么会知道这个色号？"

"这个品牌我们办公室新毕业的大学生都在用，我也买了一只，口红盒子很有特点，我买的颜色是烈焰红！"嫣然说着就翻书包拿出了口红。

"阿姨，你知道吗，近来又有一个国产化妆品牌也很好。"琪琪说着，嫣然从书包里马上掏出了一盒包装完好的眉笔，送给她，"看，就这个牌子的。它家的眉笔线条精细，颜色有 16 个色系……"

"哇，这么多颜色！"琪琪高兴且惊讶，一番挑挑看看，"我喜欢这个颜色的眉笔，还有这个……"

两个人你一言我一语谈得很热闹，这次聚会收获最大的就是琪琪，她跟满婷说："嫣然阿姨懂我……"满婷既高兴又有些失落，她对嫣然说，她很羡慕嫣然。

自那以后，琪琪与嫣然成了好朋友，时常微信聊天，谈理想，说学习，谈穿衣，说感情，两人很投缘，越来越熟。有一天，两个人说到满婷时，嫣然对琪琪说道："宝贝儿说觉得与我没有代沟，我忽然有了答案：在我与你母亲之间，你可能会觉得阿姨很完美，有自己的工作，还会弹琴、画画，与你沟通没代沟。但我想告诉你，你的母亲更优秀，因为她能做到的我做不到，她能丢掉的我丢不下。"

满婷跟秋阳两个人开始转变对买房子一事的态度，考虑嫣然的建议，开始看二手房了。二手房的优势很明显，价格便宜、现房、免装修。秋阳每次飞回来，就开始四处看房子。琪琪也很开心，她说，日日盼着能住大一点儿的房子，高中学习本就紧张，妹妹的玩闹与房间的窄小，让她很压抑。有梦想就会有希望，满婷与琪琪的关系缓和多了，嫣然也总陪着满婷到处去看房。

她们真的遇见了一套可心的房子。那天，两个人去看已经约好的一套房，刚到那栋楼的楼下，中介就来电话说："实在不好意思，你们不用上来了，比你们早到的这批看房顾客已经看中这套房子了，正准备签合同……"两个人有些失望，满婷嘴上嘟囔着："白跑了一趟，看都不让看，就说卖出去了，真气人！"

这时，走过来一个遛狗的大爷，打量两个人半天，问："你们是想买这个院子里的房子吗？"

"是，本来想看5门602的，都到了，又说和别人快签合同了！"满婷生气地说道。

"我有一套房子，2门901，跟602房型一样。602朝向西是银角，我这套901朝东是金角。看看吗？"大爷介绍得很细致，"我这套去年刚铺完地暖，刚装修完，儿子出国了，所以才决定卖的……"

"这套房子报价多少呀？"嫣然问。

"650万，196平方米，合适吧！"大爷骄傲地说着。

"比602贵了40万呢！"满婷说。

"你们可以先看看，不看怎么知道合适不合适呢？"

"要不咱就上去看看吧，反正已经到这儿了！"嫣然拉着满婷就上楼看房去了。

不看不知道，一看满婷就中意了，拉着嫣然都不想走了，小声告诉嫣然："谈谈价钱，如果差不多，我就定了……"

嫣然告诉满婷："不要太着急了，否则价格很难谈，回去跟秋阳商量一下。"两个人告别大爷后，在回去的路上，满婷心情大悦，马上拨通了秋阳的电话，描述了整个看房过程。嫣然问满婷："你想过，琪琪为什么突然想回来吗？有没有可能是因为她谈恋爱了……但你不要问她啊！"满婷大眼瞪了好一会儿，只说出一个字"啊"，可能她的心思还沉浸在那套大房子中呢！

几天后，满婷约上嫣然去签约。秋阳公司事情多暂时飞不回来，满婷担心这套房子又被抢单，家里又都急需从那个小出租屋中搬出来。于是，择日不如撞日，三天后，在一个晴空万里的日子，她们两人与大爷、中介三方坐在一起，经过一番唇枪舌剑，一共谈了三个小时，总价降了32万元，最终以618万元成交，签订了房屋买卖合同。满婷很感激嫣然，她说："如果不是有你在，我是万万不敢签订这个合同的。有你在我身边，我一下子就有了底气和勇气，你是我最好的朋友。"

半个月后，夏秋阳回来了，一家四口一起去看了他们的新房子，大家都很高兴。回来后一家人开始整理物品准备搬家。琪琪的物品最不好整理，她学习又很紧张，没有时间收拾。她的打包箱子就由秋阳与满婷负责。在收拾琪琪的书本时，一张字条忽然从一本书中飘落，是一个男生写给琪琪的，琪琪在上面写了回复，两人有来有回互相问答一番。琪琪最后在字条上一通涂画，满是烦闷。满婷捡起来细看，她认得出琪琪的字和画，转头对丈夫说："秋阳，你看看，咱们的女儿就是恋爱了……嫣然说的是对的！我跟你说时，你还说嫣然在瞎说，说她又不跟琪琪在一起住，她怎么知道的。"字条大概意思是，琪琪与班上一个要好的男同学有了情愫，两个人相约将来一起出国留学，琪琪脑子里全是这个男生，发现自己学不进去了，于是就想离开那个地方，想让自己能快速调整过来，以至于那段时间总是烦躁，脾气很暴躁……满婷说，琪琪说的没有错，是我不懂自己的女儿。

嫣然不会做饭，一般都是从单位食堂买或者点外卖。自从与满婷常在一起后，她学会了做清炖鸡、煎牛排、清蒸鲈鱼、拌蔬菜沙拉、三明治、山药汁……家里开始有了各种炖锅、煎炉、饼铛等炊具，这些东西摆满了整个厨房。她也爱上了喝茶，茶的品种也能说上几种。休息日时，她会请亲朋来家里，可以简单地给大家展示一下自己的手艺了。姑姑们说，嫣然家越来越有烟火气了！

两个月后，嫣然来到满婷的新家。人逢喜事精神爽，画了淡妆、扎着马尾、穿一身粉色运动服的满婷，好像一下子年轻了十多岁。新家窗明几净，一尘不染，落地窗前摆放了幸福树、长寿花、富贵竹，一派生机勃勃的景象。有一整面墙摆满了一家人各个时段的照片，照片中的笑脸都洋溢着幸福。

嫣然说:"家是每个人生活的港湾,家温馨了,人就有了希望。"

满婷说:"现在琪琪不耍性子了,每日努力学习,她要冲击她梦想中的大学……"

岁月的痕迹悄悄爬上脸颊,嫣然把自己唱的歌曲《最幸福的两口子》发给满婷:"我不能忘记你的样子,我们一起过的苦日子,我们一定相爱一辈子……等到我长出了白胡子,一起坐在家的老院子,看着满地玩耍的孩子,回想我们年轻的日子……"

满婷回复嫣然,她也学会了这首歌,要天天唱,唱到老……

寻找梦中那一缕阳光

简坤又一个人坐在办公室中发愣，她脑海中不停闪着夏秋阳吸烟且紧锁眉头的样子。落地窗外几只喜鹊互相追逐着，"喳喳"叫个不停。只见其中一只猛地朝她扑来，然后被洒满阳光的通透玻璃无情挡住，迅速滑落到很窄的窗沿。简坤看着它艰难地爬起，两只爪子死死扣住大理石，但大理石光滑的表面却让它无力抓稳站起，这只喜鹊就只能在迭起中不停重复。她不觉脱口而出："这不就是现在的我吗？"对，她不愿勉强为难他，正如这只喜鹊，即使自己随时有粉身碎骨落入万丈深渊的危险，也不愿展翅飞走。她说过，她会一直等他，一辈子都行。

这间办公室是这座办公楼里位置最好的，窗外可见到十米高郁郁葱葱的枫树，成片的海棠花如柳絮、如雪花在风中飞舞，悄悄飘落。她会经常站在独有的金角出台罗马柱露台上，看每天清晨的阳光，当然她更关注夏秋阳那辆黑色奥迪车是否开到了楼下。

十年前，她从名牌大学设计专业毕业后，就来到这家知名大公司工作了。老总对她很赏识，待遇也不低。她一直单身，没有成家。身边也不乏追求者，但都没入她眼。不知从何时起，夏秋阳就成了她的谜。

夏秋阳是公司的部门经理，三十多岁。其貌不扬，个子不高，精瘦精瘦的，平时不爱言语，但干起工作来却有拼命三郎的劲儿。他对简坤不曾说过什么，更不曾承诺过什么。但人与人的交往就是这样可笑，可能一切都是冥冥中早有注定吧！

## 壹

几年前的一个夜晚，简坤看着小说刚刚入睡，手机刺耳的铃声一下惊醒美梦。

"简经理，打扰了，刚得到通知，明天上级部门来公司检查安全，现在请你部门……安排好。"是夏副总的电话。

"好的，明天一早我们保证安排整理完毕。" 简坤懒散地回答着。

"不，是现在马上来人！"那边的声音是严肃而认真的。

当然，那天简坤没有亲自到公司，只是派了自己部门的人去。后来听说，夏副总带着大家一夜未眠，对照检查要求逐项自查。第二天大检查顺利通过，并在此次全市检查中名列前茅。这是夏秋阳被简坤记住的第一件事情。

后来，公司准备在几千里地外的云南建厂，老总准备派手下年轻得力的干将去主持这个项目，但接连找了当时公司几个顶梁柱谈，都以不同理由被回绝了。不知为什么，最后这个重担就给了干技术出身的夏秋阳。他当时已经在自己的技术部门干得很有成绩，当个业务经理是适合的，主抓项目不是他的专业特长。当时公司派了一批人去，但渐渐大部分人都回来了，据说那里地处偏僻，没有直航，得倒两次航班还需搭火车加长途汽车才能到达。那里环境优美，但昆虫绝对比人多。

简坤一直在想，夏秋阳为什么没有回绝，为什么他没有回来呢？她很想去看看那遥远的边陲到底是什么样子，甚至一个人兴致勃勃趴在床上用标尺在地图上量了从北京到那儿的距离，而且好像在梦中还曾到过那儿呢！

不久，作为公司的设计主创部门负责人，简坤真的有机会来到这个她梦寐以求的谜一样的地方了。

接站的不是夏秋阳，而是公司当地新招的一个办事员。经过两天颠簸，终于到了镇上最好的宾馆住下，简坤已来不及欣赏这里的美景就昏天黑地地睡着了。醒来已是傍晚，晚上本想踏出住所的她，望着漆黑无灯的夜，踩着很硌脚的砖头地，真不知该往何处去。这一夜，到处都是各种昆虫的嘈杂声，她辗转反侧，好想快些到天亮。

一声门铃响，简坤睡眼蒙眬地打开门，夏秋阳在门外满带笑意地看着她，一怔：简坤长发及腰的长辫子乱蓬蓬松散地搭在肩头，嫩粉色的运动套装浑身上下的皱褶，刚才的睡眼已成了怒目，还一脸气愤的表情。两人谁也没说什么，只约好半小时后到厂区现场。夏秋阳心想，平时穿戴时髦的创意小姐，今天怎么了？显然，简经理今天的表现给他留下了深刻印象。

创意部的这次考察很快就在忙碌中结束了。回程的班机上，简坤看着眼前这片荒无人烟、杂草丛生的原生态自然景观，对能留在这里继续工作的夏秋阳，不禁产生许多疑惑，他就是一个谜。

忙碌的身影在时间隧道中穿梭，几年后的简坤，顺利通过研究生答辩，并有多款设计成功应用，为公司带来可观的收益。她每天依然比照巴黎最流行的穿戴风格，并佩戴相应的饰品与背包，出门前一定要照照镜中的自己，然后自信地出门。她已成公司的一道亮丽风景，同事笑称她是"年轻时尚且知性的单身女贵族"。

今天是总公司各部门的年终汇报大会，对公司具有卓越贡献的部门代表，要上台进行 PPT 现场演讲，公司也会给予相应的物质奖励。此大会每两年一次，到场人数超过千人，在外地分公司的员工则采用现场视频的形式观看与互动，参会总人数过万。简坤作为创意部经理被评为此届大会"最美女性"，也是此次发言的唯一女性。她被排在倒数第二位发言。她一如既往地闪亮，梳着长发及腰的辫子，身着短款奶白色套裙，古朴发型与流行服饰相得益彰，淡粉色珍珠耳饰随着身体左右摇摆，好生灵动！发言台灯光闪烁，台下手机不停拍照，好像她就是为此而生。她的演讲精炼而生动，台下不时响起热烈的掌声。当她笑着走下台时，与她擦肩上台的是最后一位演讲者，她没看出来是谁。当她坐下来认真审视台的上发言人，才发现是夏秋阳。

几年不见，他的变化太大了，坐在台下就能看到他依稀的白发、消瘦的脸庞带有明显的倦态，他老了。但他的PPT汇报却给大家带来勃勃生机，分公司周边原先野草丛生的贫瘠土地，已变成成片的厂房与茶山，分公司固定员工从原来的几人已发展到几百人。他们已开发了十几种新产品，为公司带来巨大收益，未来他们还将把旅游作为发展的一部分，并继续研发新产品打入国际市场……夏秋阳被授予"最具卓越领导者"荣誉称号。演讲现场人声鼎沸，欢呼声此起彼伏。在她眼中，台上夏秋阳的身影不断变大，她真的看不懂他，也看不清他了。简坤此时觉得他是如此高大和不可思议，不知不觉中也为他鼓起了掌。

大会后的第二个月，公司突然在部门经理中征集委派去云南分公司的人选。简坤报名后，在跟人事部经理面谈的时候，得知夏秋阳身体不适，胃部不舒服，怀疑可能是胃癌，需要手术。总公司在委派人员上很慎重，担心简坤专业不对口，让她慎重考虑。她的回答是："当初夏秋阳也专业不对口，他能干的，我也能干。"在简坤的一再坚持下，总公司最终决定，让这位创意部的"女神"动身前往昆明接管工作。

经过两天的舟车劳顿，简坤终于在医院见到了他。

她看到夏秋阳时，其虚弱的身躯如薄纸般平铺在病床上，脸色苍白，本就消瘦的脸庞上眼窝深陷，连眨眼都是无力的，更无力说话。据说大会前两个星期，他就已经吃不下饭了，一吃就吐，只能吃一些流食。医生说，胃镜显示肿物现在已经有胃的五分之一大小，同时伴有严重的营养不良、贫血、心律不齐等症状，手术风险很大。不能确诊是良性还是恶性，得做手术才能知道结果。但无论良性还是恶性，因肿物体积大，是必须切除的。可如果切除，按照现在病人的身体状况，会有生命危险。

夏秋阳身边围着亲属，简坤没有说什么，只是进行一下慰问，她就赶往公司处理各项紧急事务了。在以后的日子里，她来汇报工作时，每次都会带一些打好的营养流食到医院。手术期临近的某天，所有同事及夏秋阳的亲属都不在，简坤没有了往日的傲娇，看着一直闭着眼睛熟睡的夏秋阳，说道："我担心如果再不说，就没有时间说了。多年来，我始终一个人，其实一直在找一个人，你就是我一直找寻的那个人。"夏秋阳始终闭着双眼一副熟睡的样子，静静地听着简坤藏在心底已20年的秘密。

那年简坤十一岁，马路上都是自行车，偶尔经过一辆汽车也不过是拉货的箱式面包车。一次上学路上，她与同学看到一辆停在路边的黑色轿车，那样子款式当时只能在黑白电视机里见到。一群同学围着车稀奇地看、摸。玩耍间简坤一个踉跄扑在车上，书包上的锋利铁拉锁把车划出了很长的一道划痕，漆黑的车身马上出现了一条白线。同学们说："这回你闯祸了，这车好贵呢！得赔好多钱！快跑吧……"头脑一片混乱的简坤被吓坏了，一口气就跑到了学校，但到校后发现自己书包不见了，她又急又气又怕地哭了。正上着课，她被老师叫到外边，只见一个二十多岁的英俊小伙正拿着她那惹祸的书包，原来车主照着书皮上写的学校、班级和姓名找到了她。她想，这回完了……但事情没有如她想象的那样发生，那个小伙子没有责备与怨言，只说了一句："不管遇到什么事情，都要勇敢面对，而不是逃避。"说完就走了。

这句话一直伴她成长，那英俊高大的身影也一直藏在简坤心里。大学毕业进入这家公司后，她意外看到了自己找寻很多年、在梦中不止一次见过的那张熟悉的脸——他就是夏秋阳。

夏秋阳的身影像风筝一样牵引着简坤走过了自己的美好童年和懵懂少年，当梦想成真再相见时，夏秋阳已有家室，于是她告诉自己，只要能看见他就行，让他永远驻扎在自己心里。

秘密叙述完，简坤已经泣不成声。

夏秋阳静静地躺着，认真听着简坤说的每一个字。他想起来了，那时他还不在这家公司。他已经与满婷结婚，被当时所在公司任命为技术总监。她就是当初那个小女孩儿？自己早已经记不清她的模样了，这个世界太小了！当然，他也忽然明白了一切，终于懂了有时简坤会无来由发脾气，不给他好脸色的原因。他不是装的，他真的认不出她了……但，此时的夏秋阳不能睁开眼睛……

　　手术很顺利，半年后，夏秋阳身体基本康复，可以工作了。夏秋阳胃里的肿物是良性的息肉。当初刚刚来到这里，他没日没夜地干，哪里顾得上吃饭，经常是一天只啃一个馒头充饥而已。说是经理，却人生地不熟的。他又一心扑在事业上，因为一切草创，他肩上的担子很重，他还要经常下乡进村，在茶山茶场间奔波，他们家住的地方还是有些远，为了工作方便他便在场区要了一间宿舍。除了回到这里睡上一觉，其余时间都在工作，老婆孩子也没在身边，连口热饭也没有，生活质量还不如普通员工。他想尽快把这里建好，不负公司期望，也能给满婷和孩子好的生活。他哪里顾得上自己的身体呀！

　　现在这里的每一砖每一瓦都是当初他设计规划的。人经过生命的洗礼就会顿悟，尤其经过半年的休养，加上满婷每天的照顾，夏秋阳已经习惯了这样慢节奏的生活，他打报告要辞去这个职务。总公司经集体讨论决定：夏秋阳依然为云南地区总经理，让简坤协助他工作。因为公司上下一致认可夏秋阳的工作，他是这里的肱股之臣。简坤也愿意留在这里，当然她与夏秋阳之间联系沟通，只限于工作，一般都是通过微信，很少单独见面。

工作上有简坤支撑，大病后的夏秋阳也有了些许闲暇时间，他喜好上了摄影，并时常将摄影作品发在微信朋友圈。公司那年职工活动中恰好也有一项活动是登山摄影，那次的摄影主题是"寻找第一缕阳光"，两个人又不期而遇。

夏秋阳身体虽刚刚恢复，但骄傲好胜的心从未落后过。为不耽误行程，他决定先行，提前出发了。这次行程需要先骑行五公里，到集合地点后集体上山。当他提前半小时到达集合地时，发现已有一辆专业山地车，却不见主人，他猜想一定是有人先上山了，于是怀着好奇的心，没有等导游指路就直奔山顶。

鲁迅先生说过："世上本没有路，走的人多了便也成了路。"盘曲山路上只有一条这样的小路，他顺着前人的足迹一路攀寻，早已忽略了自己的身体状况。他甚至无暇欣赏一路的风景，只想做一个攀登的勇者，以享受登高者征服的感受。然而，当眼看快到山顶时，脚下一滑，他连人带背包一下急速滚落下滑，多亏一棵冬樱花枝干挡住了他继续下滑的去路。他躺在山坡上，发现这里离天堂好近，因为黎明前的黑暗寂静得让人心颤。良久，他起身，发现被甩出背包里的摄影器材摔坏了，自己只好苦笑，心想，这就是命！他继续爬起直奔山顶。

山顶有一个人工平台，有五十多平方米长。平台上观看日出最好的摄影位置果真已经被一个人占据，背影看起来是梳着一条长长辫子的女士，难道是她？夏秋阳心中一惊。

那人就是简坤，她从小就是骑行爱好者，也喜好摄影。多年的单身生活没有让她变得懒散，反而每天日程都被她自己排得满满的。在北京时，除了公司，公园、图书馆、健身房、歌房这些地方她都办年卡，这些是她经常出入的场所，所以她不怕孤单，而且还很享受这种孤独。自半年前来到这里工作，她重新规划了自己的生活，每天早上来这里观日出，只是她业余生活的一部分。

当简坤听到有声音时不禁猛一回头，二人四目相交的瞬间，仿佛回到了 20 年前。简坤眼中的夏秋阳，还是那个给人希望、充满正义的大哥哥；而夏秋阳眼中的简坤，除了长长的辫子，早已不是当年那个眼含惊恐的小妹妹了。两人都有些不自然，摄影经验的交流让拘谨的局面被很快打破，夏秋阳发现这个小妹妹摄影也很专业。当东方泛出鱼肚白时，其他参与人员也陆续到齐，那天的活动大家很开心。尤其是夏秋阳，因为他发现简坤可能是一座"宝藏"，他想更多地了解她。

在以后的日子里，夏秋阳发现，简坤来他办公室汇报工作的时间渐长，但他并不反感，因为她确实很有想法。当两人意见相左时，简坤从不退却，他甚至喜欢看她坚持己见、据理力争的样子。他也喜欢她直爽的性格，因为在这之前没有人当面说过他的缺点，甚至包括家人。

在这之前，夏秋阳的生命里除了工作什么也没有，自从大病一场后，他对生命有了新的认识。原来，他很鄙视吃喝玩乐的生活，甚至将健身等体育运动都归结到这一类里。他更不可能与简坤这种单身的"自我派"有过多交流。但，他渐渐发现，这个小妹妹好似五颜六色的水彩，让他的生活逐渐有了色彩。在她的影响下，他迷上了骑行运动，还重新拿起毛笔开始练书法。他除了早上爬山观日出，夜晚还会用天文望远镜瞭望星宿变化。他以前从没想过还会有这样的人生，他甚至怀疑这是自己吗？他知道，这一切变化都与她有关。

夏秋阳细观简坤，工作上她积极努力，说话做事干练，有条不紊，成绩斐然。工作外，在都市她是单身女贵族的生活气派；然而来到这山野乡间，她也可琴棋书画隐居独处。除了在他重病期间那一次偷偷讲述过两人的秘密往事外，她从没打搅过他的生活。

有简坤在身边，他的工作如潺潺细流平稳而渐进，他的生活更是充满阳光。他们会定期相约结伴骑行、爬山摄影，在公司也会畅谈工作展望、公司发展。原来的夏秋阳很少与人交流工作外的事情，他认为话不投机半句多。但他发现，自己与她在一起的时候，时间过得飞快，两人话题经常是不谋而合，他们从工作谈到兴趣爱好，甚至是人生价值。

夏秋阳渐渐发现自己潜意识里有些离不开这个与自己有缘的小妹妹了。因为，他会不自觉地关注她的生活，甚至期待她的信息。她总能给他惊喜，无论什么事情……简坤每次出差回来都会带精致的小礼物送给夏秋阳。无论工作时间还是休息时间，两个人时常联系。

## 贰

满婷——夏秋阳的妻子，是个家庭主妇，日常除了照顾丈夫就是照看两个孩子，她对简坤这个能干的女将有了些想法。尤其是自己离开云南后，更是有些担心。那日，她与嫣然喝茶，就说起了这个能干的女将："简坤也不年轻了，三十多岁还单身。简坤自己不着急，可她的父母为女儿的终身大事着急呀！托关系，转着圈给女儿介绍了一位云南当地的公务员，应该是'官二代'，各方面条件没的说。两个人一见面，男方对这位'女神'就是一百个满意，上班送下班接，还经常送花到公司。大家都说，这回咱们'女神'要脱单了。没想到简坤还不乐意，可那男方一直不放弃，在公司门口天天堵着等她下班，不知当时情况是怎么了，电话都打到我家里了……"

"谁打电话到家里？"嫣然不等听完就问道。

"简坤呀！她打电话找秋阳，夏秋阳不等吃完饭就直奔公司了。你说，这是他该管的吗？"满婷有些气愤地说道。

满婷接着说："秋阳总在我面前提起她，能干有魄力；说公司有她在，秋阳省心多了。我每次听着都很刺耳，我是家庭主妇，能跟别人比吗？我也不能说什么，他们是工作关系。可是刚才我说的这事情，这不是工作呀，总也得分上班下班吧……现在他一个人在那边，我这心里总是……"满婷越说越来气，语速越来越快，声音也渐渐大了起来，端起的茶一口没喝只顾着说话了，悬在半空的茶盅又放回到了茶几上，可能是用力过猛，茶水都溅出来了。

嫣然什么也没说，只是默默地听着。嫣然拿着油青色皲裂茶盅，看着这颜色漂亮的杯子，心里想着，这是满婷多虑了吗？刚刚住进的新家，是他们多年努力的结果啊！嫣然就说了一句话："我来想办法！"吐字清晰，态度平稳而笃定。

满婷刚才絮絮叨叨不停说着，听到这一句时，立刻不说话了，也不再说夏秋阳的事儿了。满婷说自己又学了几道菜，要传授给嫣然，两个人继续她们的烟火生活。

几天后，嫣然发消息告诉夏秋阳，她跟满婷学会了做饭，她知道夏秋阳文笔很好，她想写些东西让他把把关。夏秋阳很高兴地把自己的新作品《铁笔画银钩》发给了嫣然，是一首七言句。嫣然也提笔写了几句："花千瓣，落如雨。轻舞飞扬，成败皆谈笑。笑语盈盈暗香去。曼濯青涟，何惧尘嚣扰。"给夏秋阳发过去后，得到了对方高度评价。夏秋阳告诉嫣然，他等着看她的大作啦！

嫣然很快完成了5000字散文《两双小筷子》，发给了夏秋阳。夏秋阳读完很快回复："太厉害了，真不错啊！才女！"还加了一个"很棒"的表情。

嫣然回复："拜读了你发过的《问茶十年》后，我特别受启发！"

夏秋阳说："写得真好啊！原以为满婷夸你才气横溢多少带有些感情因素，现在我是服气了！写得特别有真情实感啊，我看得还挺感动的！惭愧的是很多事儿我早就忘了，你还记得那么清楚……明明是'两双小筷子'，你的篇幅全用在我们这一双上了。"

嫣然："其实我们这双筷子，多年前已经写完了，就是《我和我的另一半》，但觉得直白缺乏内涵，虽能做到不回避、不躲藏，勇敢面对真实，但不感人。现在只有纸质版，电子版找到回来发给你……"

夏秋阳："乐意欣赏！"

嫣然："筷子是成双成对，缺一不可的。双木即成林，讨个吉利吧……说实在的，我们这双'小筷子'面对你们俩时真是自惭形秽，尤其于我而言，真的是佩服欣赏！我想这世上最可珍惜的就是真，真心、真情、真事儿……只要是真的就是可贵而难忘的，人生一路风景皆是客，相伴到老才是真。这是我这双'小筷子'那篇文章写的结束语。女人情怀，见笑了……"

两人联系后，夏秋阳陷入了沉思。

　　嫣然将散文《两双小筷子》发在了自己的微博上，令她感到意外的是转发量很多。没过几天，嫣然就收到了多家媒体的转载邀约，很多媒体还向嫣然约稿。命运好像向嫣然突然敞开了一扇门，嫣然很快又完成了续写，结尾她这样写道："这里有我们的青春记忆，我们努力用自己的汗水书写满意的自己；我们热爱生活，努力朝着想去的方向飞奔迈进，谱写自己独有的人生……奋斗是我们不朽的主题。"最终以《爱的纪念》发表了。嫣然对满婷说："亲爱的，是你让我发现了写作的魅力，打开了一扇窗！"满婷对嫣然说："亲，我太爱你了，是你让我找回了自信和力量！"满婷很高兴，将自己的故事也发在了社交网络上，获得大量点赞。

　　夏秋阳也认真拜读了《爱的纪念》，对嫣然是这样评述的：平凡中写出真性情所以感人！收笔在当下，恭喜活得如此通透了，能写出好文章也是归因天性敏感和坚强！

## 叁

简坤出差回来了，星期一交班会后，她将一个牛皮纸袋递给了夏秋阳，笑笑说："你的梦想！"

夏秋阳回到办公室后打开袋子，只见是一辆老式二八自行车模型，巴掌大小，黑色的，前面带大梁，后面还有一个棕色公文包挂在后座侧面。他不禁笑出了声。之前他与简坤闲聊时，简坤说她小时候常常坐在自行车大梁上，坐在上面硌屁股可疼了。夏秋阳说，他刚参加工作时，单位给每年被评为先进的职工发一张自行车券，但每年能获评先进的人特少，一个车间就一个名额。那时的他，特渴望有一辆老式二八自行车……简坤当时就说："回来送你一辆吧！"夏秋阳记得当时就瞪了她一眼，心想，哪儿有卖的？张嘴就来！不自主地还"哼"了一声。简坤当时看着他的表情，哈哈笑了好一会儿。

夏秋阳摆弄着这个老式自行车模型，一下子回想到了自己年轻时的样子。不知过了多久，他的手机响了，显示是满婷打来的电话，他的心一下子提了起来。刚才还在笑的脸一下子收紧，心想不知那边又发生了什么。只听满婷说道："我把我们的故事发在公众号上了……"显然满婷很兴奋，没有以往来电时的怨气，还详细说了两个孩子近些天的情况。"老大这些天表现得很好，没再跟我发脾气，还主动跟我道歉了，说她前些日子自己压力太大，说了什么过激的话，让我别放在心上……你在那边工作，我也没办法照顾你，不要太累了。这些年，你太辛苦了，我们在这边一切都好。新家新气象，两个孩子都很高兴，她们说这都是爸爸努力的结果……"满婷说得很深情，夏秋阳一直揪着的心慢慢在融化，他不敢相信自己的耳朵，说道："这都是你的功劳，这个家有你操持，我很放心。我也很想你们……"夏秋阳明显感觉到了满婷的变化，他把手里的自行车模型放下，拿起一直摆在办公桌上的全家福看了许久。

最近，他与满婷的联系越来越频繁，原来两人一星期通两次电话，每次放下电话他就一脸愁容。现在，他们基本每天都要视频通话，他非常想知道家里发生的一切变化。满婷也随时把家里的各种大小事情告诉他：二女儿被幼儿园推荐参加了一个舞蹈学习班，还拍了视频发给他；她参加了大女儿的家长会，大女儿成绩进步很快，还要参加"三好学生"的竞选；满婷买了一台家用全自动压面条机……

快下班时，夏秋阳约了简坤晚上一起吃饭。简坤感到很意外，两个人日常联系很多，也总一起工作或参加各种活动，但是夏秋阳很少主动单独约她，这还是第一次。

"椰子鸡是用椰子和鸡制作的一道深圳菜，这是这里刚刚开业的一家新店，人流量很大……这家店很火……这道菜口味咸鲜、椰味芬芳、汤清爽口，有益气生津的效果。椰汁及椰肉含有大量蛋白质、果糖、葡萄糖……"夏秋阳一边吃一边向简坤介绍着。这家店里的客人太多，多到已经有人在等座位了，夏秋阳还在一个劲儿地给简坤用筷子搛鸡块，"快吃呀！真挺好吃的……"简坤没吃几口，一直认真听着他说，夏秋阳今天一句也没提公司的事情。

在回寓所的路上，简坤始终没有说什么，夏秋阳却一直在不停地说着。他看见什么就说什么，看见一家服装店就介绍这家店的特色，老板的风格，装修的时候他还见过这个老板；踩着鹅卵石地面，会马上说出原来这条街道的样子；快到寓所时，又说道刚来这里时，这里是一片板房……简坤听了一路，她知道这不是夏秋阳的说话行事风格，"说吧！到底发生了什么事情？你想说什么？"简坤打断了他。夏秋阳看着她严肃的脸，立刻闭上了嘴，连同脚步也停了下来。晚上八点半，这个时间点如果换作在大城市，街上肯定还是灯火辉煌。但在这座偏远的小城市，此时的路上已经没有了行人和车辆。两个人站在那里良久，她直瞪瞪地看着夏秋阳，他却转头朝远方望去。那是东方，太阳升起的地方，也是他家的方向。

"我已经向公司打了调离申请，准备从这里调走，正在等总公司的批示。"简坤没有猜错，她知道一定有什么事情发生了。听到夏秋阳的话，她什么也没说，继续迈开步子缓缓朝寓所走去。

　　简坤听见有人一直在自己耳边不停地讲故事，好像还有一双温暖的大手始终紧握着自己的手，她听清楚了，那似是夏秋阳的声音，她觉得自己好幸福……闹铃声打破了一切美好。那是个美丽的梦，那不是他的声音，那是电视机一夜未关。她不知道昨夜几点自己才进入梦乡，枕头上留下大片泪痕……拉开窗帘，刺眼的阳光照得她睁不开眼。一切的结果，早已在她的预想范围内，她依然感谢上苍，让她圆了自己儿时的梦想。

　　他走了，带着那个老式二八自行车模型走了……

　　她抬头望着远去的飞机，他的话依然在她耳边回响："无论遇到什么事情，都要勇敢面对！"

绿叶飘零

英国作家欧文曾说："人类一切努力的目的，在于获得幸福。"嫣然说冰城和范青的幸福就是：用尽自己的每一分钟去努力工作。

壹

丈夫冰城一直在开视频会议，一个会议连着一个会议，已连续多天没回家了。他有忙不完的工作，除了处理医院的日常业务工作、紧急情况外，他还是临床业务专业组全国委员会主任委员。多年来，他都是周一到周五在单位工作，周六周日两天在全国各地主持专业组学习。回到家，他除了看书、写论文、做下次讲课的课件，还要审阅修改学生论文，同时他还兼任好几家专业组编委，负责审稿工作，一天24小时都不够他用的。没当院长之前，他一直认真钻研自己的业务知识，当了院长后又开始学习管理知识。他每天晚上必须把一天的工作列个明细台账，完成的用红笔画个勾，没有完成的会画上一个大大的红圈，转列为明天首要完成的工作。日复一日，年复一年，他的台账已经有几十本了。

过往的一切，如电影般闪过嫣然的脑海。冰城大学毕业的第三年，医院科室重新分组后，他与另外一名年轻同事李斌组成一个专业科室，他负责这个临时科室的一切工作，甚至包括申请桌椅板凳、布置房间、配备人员、拟定科室规章制度等后勤和行政工作。当时是物资有单位支持，但严重缺少人手，一个科室就只有他们两个医生。这个专业科室一开始只需白天开诊，周六日两个医生每人再加一天班。但随着病人不断增多，有时晚上也会有病人，他们就得随叫随到。李斌比冰城小一岁，上大学时就加入了党组织，他思想活跃，语言表达能力也强。让冰城当这个负责人，李斌心里多少有些不服气。李斌与女朋友的约会，也经常因为科室临时要加班而计划搁浅。周六日加班时，女朋友还会经常来等李斌下班。一次，因为一点小摩擦，女朋友还与病人发生了口角，科里护士长把这件事情原原本本地告诉了冰城。周一的早晨交班会上，冰城说："医院现在一直在强调医德医风问题，我们科室是新成立的科室，希望大家要全方面加强管理，减少病人投诉。"当时，冰城并没有点名批评谁，只是很含蓄地以医德医风问题提了一句，但李斌马上就急了，说："全院也没有像我们这样的了，每周上六天班，休息时间还要随叫随到，奖金我们没有多一分钱呀！如果某些人想干得好，没问题，但也要考虑别人的感受啊！我是一名党员，应该吃苦在前，这没有错，但是自本科室成立以来已经半年多了，一直在这么没日没夜地干……"

那天的早交班会，冰城没有再说一句话，李斌滔滔不绝地讲了半个多小时。从那以后，但凡休息时间随叫随到的工作都归了冰城一个人，冰城基本是长在了医院里。人与人的选择真是差异太大了，听说后来李斌辞职去北京发展，与妻子也离婚了。

　　冰城常对嫣然说："人要不念过往，不畏将来。"但有时他自己也会陷入矛盾。那天冰城半夜接到父亲的电话，得知母亲胸闷憋气很难受，马上拨通了120。他跟着赶到医院后，经过一系列心电图、抽血检查，等母亲输完液，一夜已经过去了。他搀着走路不稳的母亲慢慢走过急诊大厅，发现今天早上的急诊病人寥寥无几，一想才明白，已经是2020年的大年三十了。他也后怕，如果母亲有了什么意外，他不知道自己还能不能做到不念过往。但庆幸八十多岁的母亲没有太大的问题，只是血压低，输了些液就平安回家了。

　　嫣然心疼冰城的辛劳，眼看他青丝已变白发，回到家除了吃饭就是睡觉，电话就是他的上帝，随叫随到，随时准备出发。尤其在这个流感多发的日子里，医院是最忙碌的，医护人员得随时待命，他要安排职工培训、出发，协调各科工作。每次冰城都是凌晨两点起床，三点到单位，为参与各处调配支援的医务人员送行。每次冰城回到办公室已经早上五点，根本睡不着，然后就是又一天周而复始的工作：每日早上八点的行政职能科室的交班会、九点下病房查房后的文件落实、各科室汇报、上级检查，等等。还有他的美味"大餐"——读源源不断的论文，写书写文章。嫣然真的很佩服她老公，哪儿来的这么多的精力和体力，好像冰城总有使不完的劲儿。

## 贰

平常日子，嫣然与满婷休息日总在满婷的大房子里小聚，喝茶聊天过着悠闲的慢生活。三八妇女节这天，两个女人订了一个大蛋糕"美人鱼"一起分享。两个人摆拍、取景、以红茶代红酒地聊起来，内容当然也离不开男人。

满婷说："夏秋阳已经向总公司打了正式的报告，准备调回来了。"

嫣然平静地说："这真的挺好啊！你们终于可以团聚了，过正常家庭的生活了。"

满婷说："秋阳近来一直失眠，大概是因为对那边的公司有些不舍。那边的公司从无到有，一砖一瓦都是他的心血。经过十几年的不懈努力，有了厂房、门店、茶场茶园，成了当地数一数二的综合大型企业，他们的产品销往全国。他昨晚又失眠了，吃了安眠药才睡下。"她很担心丈夫的身体状况，她在犹豫到底要不要支持他回来，"其实，他回来也帮不上我什么忙，看着他难受的样子，我又心软了！"

"家的完整不是说一家人必须形式上要待在一起，只要心聚在一起就行。两个孩子都处在成长的关键时刻，亲情对家来说真的也很重要。

"秋阳对孩子很上心。老大这都上高二了，明年马上高三，他也知道在这孩子的人生关键时刻，这个家需要他。

"当然，他的事业也很重要，那边也是他的另一个'孩子'，理解他的心情吧，他经过一段自己的思想挣扎，会有一个理性的判断。

"他心情很烦躁，对老大还有点耐心，对老二真的就没法说。他一个月才回来一次，四岁孩子想爸爸了，缠着他，他那个不乐意啊，我看着都觉得我家老二可怜。孩子满腔渴望地叫他，让他抱抱，他连理都不理孩子呀，说自己累了就躺床上了……"满婷说着说着眼圈都红了。

"对于很多男人来说，生命中最重要的是事业，但家庭也不会舍弃。给他一些时间，他是个明白人。你自己带着孩子两年都过来了，我一直很佩服你带孩子管家的能力，再等一等，坚持一下……"嫣然以鼓励的语气告诉她的闺密要坚强。

满婷打开了话匣子，说着自己身边发生的大事小情。她家隔壁楼顶楼邻居家的两个孩子，与她家老二爱爱是幼儿园同学。一对双胞胎，还是龙凤胎，两个孩子，女孩叫红红，男孩叫火火。两个孩子可喜欢和老二一起玩呢！"红红和火火的妈妈在外地工作，三十岁出头，穿着时尚年轻，根本看不出已经结婚，还是两个孩子的妈。红红和火火的爸爸就跟咱们这年龄差不多了，四十多岁，一个人在家带着两个孩子，还在家开了网店，可能干了。我想了，咱们得向他们学习，要努力生活。"

满婷接了一个电话后，两个人一起下楼取快递。在电梯间，碰见了一个高个子穿着棕色毛呢外套的年轻女人，推着一辆婴儿车。小车上坐着一个穿着白色薄棉服的大眼睛男孩，两人虽都戴着口罩，但眉眼间还是露着笑意。满婷与女人打了一个招呼，电梯就到一楼了。母子两个先下了电梯，满婷朝他们背影努一下嘴说："我们楼上邻居，两口子都是英国留学生，刚从国外回来。"嫣然"嗯"了一声说："看着就很有气质。"

满婷拿的快递，是夏秋阳的。"看，我们老夏人缘多好啊，这不快过生日了吗？总有人惦记着，一个快递接着一个快递啊！"嫣然笑笑说："你生日有我惦记啊！"两个人相拥哈哈笑着上了电梯。一进门，满婷马上接着说起来："刚才那女人看着很文气吧，但人不可貌相。""怎么了？"嫣然很奇怪。满婷接着说："这个小区不大，前后就两排高层，中间围着的小花园成了孩子们的乐园。"她边说边走到落地窗前，指着楼下。一眼望去，这花园的面积还真不小，中间是凉亭，周围石子路蜿蜒曲折，整体呈环形。溪水通道从凉亭出发，像洋葱一样层层盘绕，石子路与溪水通道间种满各种植物。这三月初春的季节，有些植物刚刚发芽，从高处往下看花园已经有了绿色，一派生机勃勃的景象。

满婷说："天气渐渐暖和了，孩子们出来玩得也多了。刚才电梯里见到的那家女人，住在我们这栋的顶楼。说是顶楼，其实她家楼上还有一层，现在是物业办公室。听说她家买的时候可是按照顶楼价格买的，我们这个小区所有顶楼中，只有她家楼上还有房子，冬天不冷夏天也不热，你说，她家多厉害吧！她家也有两个孩子，刚才看见的那个男孩是老二。她家老大也是男孩子，与红红和火火差不多大，孩子们总在一起玩。"

停顿了一会儿，满婷语气加重了一些："可是就在上周三傍晚，那天老二爱爱上舞蹈课，我们没在家，也就没有去花园玩。结果就在那天，红红和火火的爸爸与刚才那家的孩子爸爸动手打起来了，最后邻居们还报了110和120……""啊，这么严重，为什么呀？"嫣然忍不住问。

"后来听邻居们说，经过是这样的：大家都在花园里，孩子们跑跑追追地玩成了一片，你追我打，玩得不亦乐乎。看孩子的大人们，男男女女一堆堆的，站在花园边上聊着天。谁也没有注意，孩子们谁打了谁，还是谁推了谁。只听见一个戴眼镜的高个子男人突然冲到人群中，大声嚷嚷：'这是谁家的孩子，穿蓝色坎肩这个？就这个……'只见他一边大声说着，还一手拽着那个男孩子的肩膀处的衣服。因男孩与他身高差距悬殊，那男孩子瘦小体轻，而且这个男人的力气很大，他拽得那个男孩子只有一只脚着地，另一只脚基本悬在空中，整个身体是歪斜的。挺漂亮的亮蓝色衣服歪歪斜斜的有些罩不住他了，男孩子让那男人揪得小脑袋已经有一部分藏在了衣服里了……正在接电话的红红和火火的爸爸，被邻居们带到了跟前，他拨开围观的人们，看到眼前情景，来不及挂断手中的电话，一个箭步飞过去，从那男人手中抢过自己的儿子。火火扑进爸爸怀里，能明显感到被吓得浑身发抖。火火爸爸哪里还听得见那男人在说什么，一只大手使尽全身力气推向那个男人，让他离自己的儿子远点儿。那个高个子男人只顾自己一个劲儿地说着孩子们打架的事情，根本没有思想准备，更没有任何提防，一个踉跄狠狠摔倒在地。他应该是一侧身体先着地，但不知为什么，他努力挣扎就是起不来了。邻居们上前扶他，好像他一侧的胳膊很痛，根本不能碰，额头还滴下了大汗珠子。只听他在说，打120吧，我的胳膊可能折了……三月的傍晚天气还是有些凉，但这个小花园很热闹，没有一丝凉意。从孩子们的打闹开始，到底是谁打了谁，因为什么，谁也说不清楚了。最后的结果是，救护车来了，警察也来了。两位中年男人被带走后，人们还在喋喋不休地说着刚才发生的事情。无论大人，还是孩子，整个小区那天的话题就是：火火爸爸与那个男人……"满婷说得有些口渴了，喝了一口已经有些凉的茶水，又接着继续说道，"我们顶楼那个男人胳膊折了，还住院了。关键是两家在派出所并没有解决纠纷。"

满婷对两个孩子引起的一场风波很感慨，她说近几天她家老二都没有去花园玩。这时，满婷的手机响了，是夏秋阳的信息。满婷回了信息，又马上打电话回去。两人对话内容大致是：他们云南的朋友，也是夏秋阳同事，而且应该也是他的好朋友，刚得知他的爱人跳河去世了。其爱人得了抑郁症好多年了，一直在治疗。夏秋阳的心理医生正是这个好朋友给介绍的。只觉满婷在焦急中努力让自己平静，还一个劲儿劝说夏秋阳：不要慌，她的情况与你不同……

满婷与夏秋阳两人电话通了大约二十分钟，通话后她的精神很不好，与嫣然又说起了她家的夏秋阳。

"秋阳近来精神真的很不好，你知道吗？我昨天一早起来看见他的状态，吓得我都哭了。"

"怎么了？发生了什么？"嫣然担忧地看着这个亲如姐妹的闺密。

"昨天，我带着老二睡得早，秋阳怕老二吵他，自己在隔壁间睡的。他说不知为什么，十点躺在床上了，到半夜一点多就是睡不着觉，他很害怕夜里一个人睡不着的感觉。于是，他拿起床旁的药瓶又吃了两片。"

嫣然紧接着问："吃的什么药？"

"一说起这药，话就长了。前段时间的某天，秋阳伤心难过地哭了。他抱着我，就哭啊！他说自己病了，脑子不停地就想一件事情，根本停不下来，特别想睡觉，可是看见枕头就发愁，根本睡不着。他告诉我，他自己上网查了，这种病叫抑郁症。他太难受了，他与一个朋友说了自己的情况，没想到那个朋友的爱人就得了这种病，于是秋阳就找了给他们看病的那个心理医生。没想到今天发生了这事儿，秋阳吓坏了，我刚才是在安慰他，其实我也害怕呀……"嫣然看见满婷身体有些抖动，马上握住她的双手，明显能感觉到满婷双手冰凉。嫣然电话联系了冰城，冰城给介绍了一位比较有名的心理医生。

满婷抹着眼泪说："这些年来，家里所有的事情都是他安排。我怀老二的时候，他寸步不离地守着我。孩子出生后，我坐月子，他就跟之前一样，一天三顿饭都是他给安排。早点他自己亲手给做，中午和晚饭从单位食堂订饭。云南那边，厂区离我们住的地方较远，开车需要半个多小时，他天天中午端着热饭给我们送来，自己还来不及吃饭就得开车返回公司，如果公司下午有会就没空吃饭。常年这样，他的胃都坏了……亲爱的，我很感谢上天让我认识你，我好羡慕你，有自己的工作事业、兴趣爱好和美好生活。你说，秋阳如果有事，我带着两个孩子怎么过……"满婷真的有些老了，黑黑的头发中可以清晰见到几根白色长发，嫣然给它们拔了下来，可是发现满婷头发更深处还有不少白发。"怎么不拔了？还有吗？"满婷问着嫣然，还不停地说着，"咱俩换换多好啊！我也想工作……"

嫣然淡淡一笑，用平静的眼神看了满婷好一会儿，"人活着哪这么容易啊！"她喜欢与这个闺密在一起，她们无话不说，以心交心，比亲姐妹交流得还深刻。她接着跟满婷说了工作上的困难，自己也很矛盾。她也不止一次地问自己：做自己真的很难，自己应该继续努力工作吗？

满婷真挚地看着她说："当然得努力了，你与我不同，我一直以家为中心，你一直努力学习专心工作，虽有不顺，但不能停歇……"

冰城一直很不解，嫣然是个致力于事业的女人，为什么会与一个家庭主妇这么聊得来？其实，嫣然清楚，满婷与她是同类人，积极努力、阳光进取。只是每个人的际遇不同，结果不同。偶尔，嫣然也是羡慕满婷的，她热爱生活，勤俭持家，积极鼓励丈夫孩子努力工作学习，是这个家的精神支柱。嫣然想着想着，一句"你也是我的精神支柱啊"破口而出。

两人相视一笑，看向远方的蓝天。她们很享受这样的时光，安静地坐着，午后的阳光晒得人暖暖的，睁不开眼。满婷熟练地把咖啡豆放进新买的咖啡机里，"需要放糖吗？加奶吗？我再给你打个奶泡吧！"满婷娴熟地操作，不一会儿，两杯香浓的咖啡就做好摆在了嫣然眼前。嫣然很惊讶，飘香的咖啡，奶泡上还写着"LOVE"，跟她在咖啡店喝的咖啡真是一个样子。不，比咖啡店还讲究。这咖啡杯是典型的优雅蓝色，上面有描金牡丹。嫣然端起这个杯子转着圈看了好一会儿，给满婷逗得直笑："看来我的咖啡不香，这个杯倒是很诱人！"满婷告诉嫣然，这个杯子是个经典款——茶咖杯，可以喝茶也可以喝咖啡用。

满婷举起这个杯子，接着说："你看，这个杯子的把儿，不是一般的圆弧状，而是藤蔓状。这是葫芦的藤，寓意福禄端在手里……"

嫣然听得都入了神，"这里还有这么多讲究啊！我从来没听说过……"嫣然边喝着咖啡，边认真听着满婷的解说，认真欣赏着这描金葫芦形茶咖杯。聊天中，哪里还用咖啡来刺激自己的神经，她俩早已没有了一丝困意。

接下来，满婷还给嫣然介绍了咖啡豆的相关知识。满婷说，她用的这种咖啡豆是有机咖啡豆，是自产自销的云南产品。有机咖啡豆在种植和烘焙过程中不使用化肥、农药、添加剂，对环境和人体健康更友好。这种自产自销和直销方式可以保证咖啡豆的新鲜度和品质。在使用咖啡豆时，需要注意存储方式。咖啡豆应该存储在密封的容器中，避免接触空气、光线、湿度和异味等，以保证它的香气和品质。在选择咖啡豆时还需要考虑烘焙度，烘焙程度是影响咖啡口味和香气的关键因素。中度烘焙和深度烘焙是两种常见的烘焙方法。

中度烘焙的咖啡豆通常表现出酸味较强的特点，口感鲜爽，带有柑橘、酸果和青草的香气。这种烘焙方法可以欣赏咖啡原本的天然香味。它能带来更加清新、爽口的咖啡体验，中度烘焙的咖啡豆通常先用高品质的咖啡豆，以保证咖啡的香气和口感，她现在喝的就是中度烘焙的咖啡豆。

"那深度烘焙的特点是什么？比这个好喝吗？什么味道的……"满婷喝了一口咖啡的工夫，嫣然就问个不停。满婷接着说道："深度烘焙的咖啡豆则带有更浓郁的甜味和焦糖香气，口感更为顺滑。这种烘焙方法适合品味咖啡的浓郁口感……"

大圣是满婷家的一只猫，它围着嫣然和满婷一个劲儿地转啊，给她们打滚献媚，冲着她们喵喵叫……

一下午的时间，嫣然觉得很有意义，看着这个天天居家带孩子的闺密如此博学、热爱生活，嫣然真想和她换换。嫣然知道满婷真的也很不容易，她承受的一点也不比自己少……说是与闺密喝茶聊天，其实是在品味自己的精神食粮。从满婷家离开快到家的时候，她给领导发了信息：您上次与我谈的工作，我考虑好了，我接。

## 叁

今天是女人们的节日，不知冰城几点从医院回来。门响了，嫣然下意识地看了一下表，晚上七点。从厨房跑到门口，她很开心。然而，她还没来得及看清楚冰城的表情，冰城已经抱住她，大哭起来，只听他在说："姐夫病了……"

那是一个细雨蒙蒙的季节，秋叶金黄撒满地。他静静地躺着，看着一大早就忙着做卫生的这个女人，脑海中开始回忆一路陪伴他走过风雨瘦弱的老婆。

叶雪，多好听的名字。他们从小是邻居、玩伴、同学，青梅竹马一起长大。同学们当初都说他高大帅气，是女生心中的"白马王子"。但他偏偏稀罕个子矮小，比自己矮一头的"袖珍"女孩——叶雪。为什么是她？因为是她让自己第一次穿上了毛衣，换下了死沉的厚绒衣裤，让自己戴上了长长的毛围巾，这样就可以在寒冷的冬天跑完一千米后不会让顺着脸颊流下的汗水，一下子被风飕地从脖子瞬间弥漫全身，是叶雪让他知道这世上有一种感情叫温暖。

此时，他身体中的病魔又在发作。它在腹部"大闹天宫"，令他绞痛难忍，浑身大汗珠子往外冒，秋衣秋裤又湿了。他不禁斜了一下身子，想翻身坐起来，但不行。于是，他用右胳膊肘部挂着床垫略歇了一会儿，一鼓作气使尽全身力气，终于坐了起来。他头发上挂满汗珠，顺着脸颊滑下如刚淋湿了雨水，穿过眼鼻嘴流向颈部，与全身汗水相融合。大约十分钟后，可能因为病魔闹累了，疼痛逐渐减弱，汗水止住了。但，接着是汗水也变得冰冷了。快入冬的秋，在没有太阳的清晨，房间里是阴凉的。头皮、头发是湿淋淋的，全湿透的秋衣秋裤紧贴着皮肤，不知哪儿来了风，他一阵阵发冷，又浑身打战。这样的挣扎反反复复，已经有十多天了。每天都是深夜凌晨发作得更厉害，他根本睡不了觉。他决定今天请假去看病。

叶雪只知道丈夫范青近来身体有些不舒服，偶尔还会在夜里咳嗽吵醒她。今天，她知道了范青要去医院看病，于是早早准备好早餐——鸡蛋、牛奶。范青说不用她陪着去医院，自己只是有些感冒而已。看丈夫如此坚持，她就一个人上班去了。

上班路上，叶雪还在想：后天就是我的生日了，范青每年都会给我一个惊喜，不知今年是什么！想着想着，她的脸上不禁露出了笑容。她想起了他们上学时的样子：他们两人都是学校体育队的，范青是篮球运动员，她是练短跑的，初中高中都是同班同学。上大学时，两人上的两所大学还紧挨着，只有一墙之隔。毕业后，两人都当了公务员，一个在公安局，一个在法院，工作稳定。范青是学外语专业的，在单位负责对外联络，在公安局虽说属于文职，但经常加班，尤其是过年过节时加班更是常事。加上叶雪身体瘦小，于是，婚后两个人商量不要孩子，说此生有彼此就够了。多浪漫啊！同事们都羡慕说："你们就是神仙眷侣！"多年来，两人除了工作，生活极其自律，两人的体型始终如一地保持在二十多岁的样子，体重变化幅度很小。去年老同学聚会，大家还打趣：哪像快五十的人啊！"冻龄"眷侣来了……

范青的症状就是不停咳嗽，照了胸片排除了肺部问题，熟识的李主任开了一些中成药，对范青说："还是要注意休息，你这个咳嗽有一段时间了，还有其他症状吗？"

范青想了想说："有时，下午还会发烧。"

李主任有些紧张，立刻问："发烧多少度？多长时间了？疼得厉害吗？"李主任马上通知 CT 室，让范青做一个腹部加强 CT，三天后出结果。

三天里的第一天，范青为妻子叶雪过了一个浪漫而隆重的生日。他特意请了半天假，来到本地最有名的蛋糕店订了一款名为"浪漫在冬季"的白色奶油蛋糕。他们相识在冬季，结婚在冬季，叶雪最喜欢白色，这款蛋糕汇集了所有他们值得纪念的元素。叶雪生日这天，烛光晚餐、整束玫瑰花，还有叶雪一直喜欢而舍不得买的小包包，全部摆在了妻子的面前，叶雪期待的浪漫元素全部收到了。第三天范青开始收拾办公室私人物品，他告诉同事近期他有些不舒服，会请长假，把单位的重要工作一一交代给同事。

这天早上，他告诉妻子今天外出开会要晚走。确信叶雪关上屋门上班走后，他才艰难地从床上爬起来。昨天又折腾了一夜，一会儿热得想吞冰，一会儿冻得盖上两条被子。他像坚强的战士一般，使劲儿推开卧室的门，如血的太阳从客厅窗户斜射进来，把他长长的影子投在空空的地板上。他看着地板上自己孤单单的身影，盯了很久，然后眼睛看着书架上自己所有的荣誉证书：三等功荣誉证书三个，二等功荣誉证书两个，还有参加各项专业比赛的奖杯和奖牌共计九个。看着看着，他感觉自己已经快飘起来了。最近他的体重一直在直线下降，如果风大，他感觉自己能被风刮倒。

范青一个人来到医院，李主任早已经在等着他了。"怎么还是你一个人来的？这可不行，必须得通知家属……""李主任，我有思想准备，您就告诉我吧！我会积极治疗！"见他如此镇定，主任告诉范青，在他的肾上发现了恶性肿瘤，他得马上转到肿瘤医院就诊。

嫣然与冰城每次去医院看姐夫范青的时候，他床边总是坐着一个老太太，与范青长得很像，是他的母亲。一天黄昏，两人走出电梯，见病房走廊里，两个女人背过身抹眼泪，然后匆匆过来，竟然是老太太与叶雪。看见嫣然与冰城，两个女人眼睛马上闪出了光芒。老太太拽着叶雪说道："这是弟弟和弟妹吧，范青手术我们都听你们的，每次你们走后，他就像有了希望……"

嫣然与冰城只是点点头，什么也说不出来。他们刚从范青主治大夫办公室出来，范青的病情已经到了晚期，肿瘤如成人拳头大小，癌细胞已经浸入多个脏器，肝、胰腺上都可见阴影，不排除肺部没有转移，最后会诊的结果是：该病人已经没有手术的可能。嫣然与冰城的心情已经降到冰点，他们不知如何跟姐姐交代。

两人进病房。范青放下报纸说："母亲刚刚走，你们是前脚后脚。"嫣然说："走廊里看见了。"范青说："多少年了，母亲也没陪过我这么长时间。等这次出院，我请假不上班，也要请母亲到我家里，跟嫣然冰城吃顿便饭，一并答谢大家。"嫣然说："再说吧，先养身体。"范青说："母亲也苍老了。"冰城说："许多年未见伯母，是有变化。"范青叹息说："人啊，禁不起事情，自从去年年初父亲急性脑出血后，在医院抢救治疗整整七个月后去世。母亲一下子像老了十岁，原本花白的头发一下子全白了，笔直的腰背也挺不起来了，说话也没有原来的底气了。我本想让母亲搬过来与我们一起住，也好相互有个照应。可是我的咳嗽一直不好，怕传染给她，也就没敢跟她提。其实她一个人住，我始终有些不放心。等这次手术完，我一定把她接过来。"嫣然说："讲得太多，先休息。"嫣然倒了水，让范青吃药。范青说："我现在身体好多了，一天比一天好，母亲盼着我回家，让我陪着她呢！"冰城说："现在就安心养病。"范青说："我也不放心叶雪。平常都是我照顾她，现在她上午到单位上班，下午就来陪我，两头跑，太辛苦。她胳膊磕破了块皮都肿了，一问才知道，她回家发现汽车好久不开，就准备给汽车罩车衣。她个子小，就踩着板凳，结果一个不小心摔了下来，胳膊伤到了。"嫣然听完说："这些你都不用惦记，有我在，你养好病重要。"范青说："命运不可强求。"接着他话题一转，突然问："医生到底怎么说的？"冰城与嫣然对视一下，谁也不讲话。范青说："你们进来时表情就不对，我心里有数，告诉我到底怎么说的。"冰城张了张嘴又闭上。嫣然说："现在有一种新的治疗手段不用开刀手术，只吃药就行，叫靶向治疗。前提是得先配型，刚才主任建议先抽血进行配型，这样比手术伤害性要小。"范青听到此不说话了。旁边床位有家属来探望，病床上的老先生挺尸一样想坐起来，但手被绑在床上。老头子叫："妈妈！妈妈呀！"范青说："想到母亲和叶雪，口眼可以闭，心闭不上。"冰城说："少说这种话，现在要少想，多休息。"范青说："医生护士也总建议我要静养。"嫣然说："一切都会好起来。"范青说："配型成功，我就可以出院了，抽血吧，我同意。"冰城说："你再考虑考虑，别太着急了。"范青说："这床位也紧张，配上型我就回家了。母亲从小教育，一不怕苦，二不怕死。"范青停下来喝了口水。嫣然不说话。冰城也不说话。护士进来发药，走到旁边床位，老先生挺尸一样又要坐起来，手绑到床上叫："妈妈！妈妈呀！"三人都没有再说话，看着老先生发愣。

冰城问嫣然："刚才病房里那些话真的是主任说的吗？怎么没跟我说？"嫣然不知怎么回答，她说："把这些话也告诉姐姐叶雪吧！"然后，她独自去超市买菜了。嫣然每个星期都会到超市固定的那个摊位买整扇肋排，让摊主剁成块分装成两兜，足足有十多斤。回家后她用两个高压锅同时炖，炖好后盛满两个特大饭盒，一个给叶雪送去，一个给母亲英娘送去。放假的日子里，干完各种家务活儿，嫣然送孩子去培训班、去医院给范青送饭、去养老院看英娘，她怎么忙碌都行，就是不愿意一个人待在空荡荡的家里。她报班开始学习油画，每周六去一次，每次三到六小时不等。估摸着孩子放学或冰城该回来了，她才回家做饭。

　　范青配型后回家了，本想上班的他根本没有体力下楼。嫣然认识一个老中医，每周六或日，冰城负责带范青和叶雪去老中医这里号脉取药。叶雪每日煎药，嫣然负责给他们炖肉、买各种吃的。有一次她还买到了天鹅蛋，给范青送去。范青喜欢听嫣然说话。他说："吃了老中医的药身体有劲了。"嫣然说："那个老中医很有经验，孩子大人什么病都治，他的药方连不孕症都能治，有一个病人吃了两年药真的生了一个大胖小子，他们的喜糖我都吃过。"嫣然还说，有一个肝癌病人十年来一直是他给号脉、开药，他永远是这个老中医的一号病人，大家都认识。还有，他们单位领导肺癌脑转移了，也是靶向治疗，现在每日上半天班，精神可好了。每个星期，嫣然到叶雪范青家送饭菜，都会跟他们聊一会儿，说得头头是道，听得冰城、叶雪和范青都很激动和兴奋。大家各负其责，范青积极治疗，按时按点吃中药、吃靶向药、止痛药等。范青说，一晃上班二十八年了，自己从没有休过假，总是加班。年节双休全部在岗值班，他喜欢警察这个职业。每年春节放假，处里领导排值班表最头疼，有的同事家在外地，就等着春节一放假赶紧买火车票回家过年，有的同事上有住院的老人、下有几个月的孩子。范青干脆把别人不能值或不愿值的班全揽下来。他每年都会有几十天"存班"，但一天他都不舍得歇。他说，这是有史以来他给自己修的最长的一个假期，已经休满了三个月病假。过了"五一"他就要去上班了，否则就得吃劳保了。那日，范青与嫣然、冰城说了好久，等他累了闭眼睡了，嫣然和冰城才离开。嫣然照常每周去画油画。冰城很不解，嫣然周六日这么多家务事，怎么还要挤时间去画画？

那是"五一"放假最后一天，嫣然告诉范青，下周她要外出学习两周，两周后再来看他。那也是嫣然见范青的最后一面。嫣然记得，那天天气很热，冰城穿着 T 恤衫，脸上还流着汗。他们刚进小区，就看见了刚下楼的范青和叶雪。范青穿着一件大红色的防寒服上衣和蓝色牛仔裤，配一双白色旅游鞋。他永远是那样干净清爽，如果在初春的季节，这身运动休闲装配得得体大方，但在三十几度的天气里，这一身却让人能过目不忘。他脸色极其苍白，走路慢而轻，说话声音小到嫣然有些听不清楚了。叶雪说："范青不想下来，我想让他晒晒阳光，就穿了这些。"那天，范青主动让冰城给他理发。理发时，叶雪拿着镜子，范青看着镜中的自己闭上了眼睛，他说不愿意看见自己现在的样子。

过了"五一"假期，很想工作的范青几度昏睡不醒，被120急救车拉到医院时，他已经重度贫血，多脏器衰竭。范青在弥留之际，对床前的叶雪说："我要穿着警服离开。"他只在医院住了三天，人就走了。


范青走后，嫣然没有掉一滴眼泪。她告诉叶雪："范青在天上会一直看着你，你幸福他才会放心。"叶雪告诉嫣然，范青临走的前日做了一个梦：他俩都穿着古装衣服，范青是公子，叶雪是他的丫鬟，叶雪对范青照料有加……叶雪说："我们前世就认识，他一定会来找我的，会托梦给我……"

冰城许久没有开口说话，一直在反复听女中音降央卓玛唱的《那一天》。嫣然记住了那首歌的歌词："那一日闭目在经殿香雾中，蓦然听见是你诵经中的真言／那一夜摇动所有的经筒，不为超度只为触摸你的指尖／那一年磕长头匍匐在山路，不为觐见只为贴着你的温暖／那一世转山转水转佛塔，不为来世只为途中与你相见／那一瞬我已飞，不为来世只为有你，喜乐平安……"

嫣然的油画完成了，一共画了二十三周，大约历时半年。她给这幅油画取名为《绿叶飘零》。她把本来秋天落叶的景象，愣是画出了小黄花满天飞扬的激情。她说，这就是我的心境。

现代庭院生活

家有庭院一直是嫣然一家的美好梦想，因为他们都怀念那段住在洋房有院子的日子。这个梦想，嫣然的大姑梦洁第一个实现了。

## 壹

这天，一大家子人都来梦洁的大房子团聚，这个小区位于城市西南部，在四环边上，是这座城市新发展起来的区域。一路开车过来，道路宽敞，两侧都是在建的新房子：几十层的大高层，全部落地窗，高大伟岸，外沿以玻璃幕墙为主；错落有致的多层花园洋房，精巧别致，外沿有红砖瓦房中式风格的，也有外沿凸凹不平做旧风格的古典欧式派；还有就是别墅区，别墅又有联排别墅、叠层别墅和独栋大别墅之分。道路两侧还有成片的人工大湖，湖面一眼望不到边，远远望去大湖上还架有钢架桥梁。湖边长有一人多高的芦苇，不知是未来得及开发建设，还是有意设计的整体自然景观。远远可以看见有成群的飞禽在湖面芦苇中嬉戏，一派天然大花园的自然景观。一路乘车看见这美丽风景，大家心情甚好，也不觉得路程远，不知不觉就到了目的地，好不欢喜。

　　大姑梦洁家是一层带院的一楼加二楼的叠层别墅，她家的房子靠小区边。梦洁说这叫边户，前后以及侧面都有院子，院子就有一百多平方米。院子里搭建了木凉亭，种了一些大家叫不出名字的花草。经了解大家才知道，那不是花草，是没长大的红辣椒、丝瓜藤、草莓苗、胡萝卜秧、刚长出的小葱……孩子们哪看见过这些，不停地问。

　　"姑姥姥，这个'草莓树'什么时候能够长出红红的大草莓呀？"小姑梦忠的三岁小孙女格格，围着一棵与她差不多高的植物转圈。她怎么也想不明白，还一个劲儿地问："大草莓从哪儿长出来啊？是这里吗？"她的小手指都戳到了叶子里面。她姐姐爱爱一边拨拉她的手，一边教育她："我们老师说了，植物是不能摸的，会影响它呼吸的！"格格才不听姐姐的，干脆捏着叶子不撒手，还使劲拽上了。姐姐捏着她的小手，严厉地说："你这样叫破坏植物，你懂不懂……"小姐妹两个说着说着植物，一会儿不知怎么就吵了起来，声调还在不断升高。他们的爸爸文智一把抱起格格，走出院子，只听见他在说："我们去湖边，看大鹅。"然后抱着小女儿一溜烟出去了。

　　爱爱拽着黑妹玩得很高兴，黑妹是二姑梦清的外孙女。两个人年龄相差不到一岁，差不多高。凉亭柱子上爬满了藤蔓，她俩正在研究这藤是丝瓜的还是葡萄的。她们希望是葡萄的，所以努力找哪儿有小葡萄，够不着时，就蹦着跳着要哥哥扛着她们找，这个哥哥就是嫣然的儿子象象。已经上初中的象象很不愿意参加家庭聚会，他说没有他的知音。可是，他的脾气性格很好，与妹妹们在一起，妹妹一直都是围着他转，他也是耐着性子哄着妹妹们一起玩。只见他扛着妹妹们在凉亭里转，还不停为妹妹们讲解植物的知识，比如叶子形态的差异、如何区分植物等。三个人在一起有问有答，聊得很热闹。等到快吃午饭的时候，文智与格格还没回来。

文智抱着女儿走出院子，围着这片别墅区朝着有湖的方向走去。宽广的大湖在这个小区独栋别墅的侧面，也就是说独栋别墅紧邻大湖景区，从自己家就可以看见美丽湖景。大湖沿岸没有木长廊，顺着这道长廊一直溜达，就到了隔壁小区。这样，所有小区围成了一个环状，中间是湖，所以从这面可以看见所有小区的风貌。湖中种满了荷花，莲叶排成整片，绿油油的一片，与亭亭玉立的粉色花苞相配，成群的白鹅在莲叶间穿梭，形成一幅美丽的画卷。文智领着女儿，沿着湖边看大鹅，那个高兴啊，不知不觉已经走到了湖对面。那里也是一片独栋别墅，但显然更高级，院子都是几百平方米的，纯欧式风格。他们走了很远也没看见一个人，只看见装修的工人在出出进进，这里正在施工。文智忍不住问了一下离他最近的一个师傅，才知道这样的一栋别墅都在一千平方米以上，最大的有五千平方米。这里最小的别墅装修时间也得达一年之久。格格想进去看看，但师傅不给放行。师傅不好意思拒绝这个小女孩儿，但他说房主有交代，实在没办法满足。两个人继续围着长廊走，这一圈下来两个人大约出去了两个小时才回来。

回来后，格格高兴得没完没了地说，说她看见了成群的大房子，像城堡一样，好漂亮！还有好大的湖，有莲花、鸳鸯，可美了！还有好高的大楼，都是玻璃的，从没有见过呀！路边还有各种花，里面肯定有花仙子……大家安静地听着这个四岁小女孩儿的叙述，脑海中呈现出美丽的景象。大家听得认真，吃完饭她姐姐带着明珠一溜烟跑出去了。

五月份的天气真的好，蓝天白云，微风吹拂，空气清爽，大家聚在院子里吃饭聊天。梦洁、梦清、梦忠三姐妹想起年轻时她们家洋房的院子和老家的大院子。梦洁说："咱老家的院子是当时村里面积最大的，院子里种的石榴树和枣树的树干都有碗口一般粗，成群大白鹅在院子里满处跑，还有一条看家的大黄狗叫黄黄。咱哥跟黄黄可好了，他们俩年龄都相仿。那时过年家里才有肉吃，可咱哥不舍得吃都给了黄黄。咱哥七岁时跟咱爸进城后，黄黄就开始不好好吃饭，没出半年它就走了。咱哥知道后，哭了好久，从那以后他不再养任何小动物。"梦忠说："我没在老家待过，感觉还是城里的洋房小院有特色，每年这个时候葡萄架成了葡萄树，满院子的绿葡萄晶莹剔透，美得都不舍得摘下。咱爸说那是淘米水的功劳，纯绿色食品。"梦清看着姐姐和妹妹，想起了哥哥、父母和爷爷奶奶。她说："我记得咱家无论搬到哪里，都带着那块大牌匾，上面写着'天道酬勤'四个大字。那是咱家的家训。"

## 贰

当嫣然的三个姑姑正在回忆她们过往的时候，嫣然的表弟文智接到了一个紧急电话，匆忙带着妻子和两个女儿离开了。表弟不想影响大家的心情，他一直是个孝顺的孩子，不想母亲为自己的事情担心。文智以飞快的速度将两个孩子送到了妻姐家，他安慰着妻子，两口子直奔火车站接岳父岳母。原来电话中岳母说，从广西一路坐着火车来投奔女儿的岳父，不知什么原因到站该下车的时候，身体不听使唤，迈步都费劲了，最后是火车上大家帮忙把老人抬下车的。他们见面时，岳父坐在火车站提供的便民轮椅上。苍老的岳母愁容满面，和一群好心人围着她的丈夫。岳父被火速送到医院后，很快被确诊为骨癌晚期，已经没有治疗的意义。按照岳父遗愿，他们租了一辆可以跨省的救护车带着岳父又返回了广西，安顿后事。

文超是文智的堂弟，两人一起由奶奶带大，相差两岁。文超还在襁褓中时，其母亲因患有红斑狼疮而过世，奶奶更是心疼这个从小没娘的小孙子，姑姑们对他也是极其宠爱。

从小被娇惯长大的文超，继承了父母全部优点，长大后一表人才，工作和相貌没得挑，很受周围异性的欢迎。他结婚后也不消停，弟妹总跟文智抱怨文超不好好过日子，怀疑他有外遇。文智不止一次劝过这个弟弟，要收收心，别贪玩了："弟妹人多好啊，什么好吃的好穿的都给你，给你买汽车、买貂皮，多冷的天蹬小车也给你买你爱吃的早点……"

那日，弟妹又找到了文智说："哥，这星期他每天都是凌晨过了才到家。我一直没敢告诉你，他前一段时间玩牌输钱都还不上了，我偷偷把娘家给我的一个市里位置很好的小独厨都卖了。他曾保证过再不玩了，可是他改不了啊！离婚协议书我已经拟好了……"后来，文智岳父突然生病回了广西，他就一直没时间找文超。直到前天，弟妹打电话告诉他，文超给她留了一封信后一夜没回家，他们去派出所报案了。

文超出事了，文智不敢告诉精神恍惚的叔叔。叔叔现在每日都要用药维持。自从婶婶早年去世，他就脑子出现了幻觉，总是说婶婶没有走。他告诉大家，每天自己在屋子里与婶婶说话聊天，不让旁人打搅他，孩子也不管不顾，只活在他自己的世界里。经鉴定，他精神轻度失常了。每个人都有自己的秘密与痛，不愿与人分享。文智在收拾弟弟物品时，发现了一个日记本。在很长一段时间里，文智只要闭上眼睛就是文超的影子，他需要睡眠。睡眠可以让他改善气色、精神。他可不要两个女儿看到他一脸颓废的样子。孩子们上学去了，他干脆躺在沙发上，把被子拉到了脸上。他使劲闭上眼，准备让自己睡个好觉。

被子里的黑夜中，文超开始跟他"说话"。"哥，你记得奶奶首饰盒中有一条很漂亮的项链吗？那是奶奶最心爱的红宝石项链。那原本不是留给我的，我曾经找奶奶要过，奶奶说是留给你哥哥的，奶奶说这是她送给未来大孙媳妇的礼物。当时是我大哭大叫，说奶奶偏心，还说自己没爹没娘没人疼，奶奶才答应把项链留给我的。奶奶留下唯一的老房子，姑姑们本来商量让我们两个人平分，我也是用同样的办法，据为己有……哥，你跟我说的每句话都是对的，可是我就是控制不住自己……哥，我觉得好久没看见你了，我知道你家中事务多，我也不好意思见你。良知识告诉我，我对不起她，可我不愿离婚，怎么办……"

文智说："这些都不重要，我已经给你嫂子买了漂亮的新项链。我们已经贷款买了市中心的一个两居室，还是重点小学片区。如果当初我们结婚有了奶奶的老房子，就不会努力攒钱贷款买房，我也不会努力开自己的店。你说的那些事反倒是我力量的来源。什么都可以从头再来，但生命只有一次。"他紧紧拉住弟弟的手。

朦胧中，文智与文超一起办婚礼，奶奶穿着颜色艳丽的毛衫站在他们中间发言。新娘子一个着中式红色旗袍，一个着西式白色婚纱，氛围祥和而宁静，一切都是那么美好。不知过了多久，被子外面的世界闹腾起来，有人在哭，还有人在哄劝。文智把被子掀起一条缝，眼睛马上被灯光刺得灼痛。他使劲眯着眼睛。他看见一位五六十岁的女人一边抽涕一边哭泣，嘴里还小声念叨着什么。开始是她一个人，后来他隐约听到妻子开门的声音，家里又来人了。外面声音渐渐地大了起来，好像是几个女人一起在哭泣。

两个月以来，这个家里哭声不断。文智妻子美丽平时不想影响孩子的心情，不愿想起娘家的事。她父亲的去世不是偶然，她怨恨自己不争气的弟弟。美丽的父母都是老实本分的商人，经营木材生意几十年，在当地也是小有名气。本想着老了，让小儿子继承衣钵，老两口儿安享晚年。谁想到，有钱就是祸这句话在他们家应验了。几年前，弟弟生意越做越大后，沾染上了赌，还坐着飞机去澳门赌场。最后他输得连家都没有了，老婆带着孩子与他离婚后，家里的生意也赔得一塌糊涂。为了不让弟弟进监狱，家中所有钱财、父母的房产、名贵家具都没有了，父母还借遍了所有亲朋好友，欠了很多外债。父亲吸着最廉价的香烟，整日愁眉不展，一句话都不说。一次，远在外地的父亲给女儿打电话来："闺女啊，给爸爸转点钱吧，我要买包香烟，你妈都不给钱啊……"

美丽当时就哭了，拿着手机坐在床上流眼泪。父亲什么时候受过这些啊！他一辈子本分做生意，经常告诫孩子："做人要以诚为先。"美丽记得父亲对她和弟弟说得最多的是："一定要好好学习，知识就是力量。"父亲努力赚钱供着儿女上学，他做错了什么，要这样惩罚他……美丽想着眼泪哗啦啦地掉，上衣已经湿了一大片。两个刚几岁的女儿看了有些害怕，拉着文智问："爸爸，妈妈怎么了？为什么哭呀？"文智举着手机给妻子美丽拍了全程，告诉两个孩子："妈妈的学校正在拍一部纪录片，妈妈在做准备工作……"后来，美丽再没有在孩子们面前流过眼泪。她只是在夜深人静的时候，偷偷一个人抹眼泪。父母一辈子辛辛苦苦攒下的家业一下子被弟弟败光，她担心父亲受不了这样的现实。她总给家里打电话，父亲说他为了儿子借遍了村子里所有人的钱，现在连香烟都成了他人生的奢侈品，他在村子里抬不起头……美丽多次劝说父母，让他们过来跟自己一起生活，可倔强的父亲总说不能给女儿添麻烦。谁能想到，好不容易鼓足勇气坐着最便宜的火车奔着自己女儿来了，却永远地离开了。美丽每次想到这些，就会一个人偷偷地哭，尤其是孩子们不在家的时候。这些日子，她用刀切菜已经伤着自己好几次了。现在，美丽更担心的是母亲一个人远在老家，她怕母亲再出意外，都不敢往下想了。文智看在眼里，疼在心上。

　　文智努力抬起沉重的眼皮从沙发上坐起来。他看清楚了，来人是他的大姑和两个表姐。文超就是被这个大姑从出生几个月一把屎一把尿给拉扯大的，说大姑是文超的养母一点不过分。二十世纪六十年代，大姑经历了十年半的知青岁月。她经历过草原蒙古包的放牧生活，经历过乌兰牧骑的文艺舞台，走过呼伦贝尔草原，走进过大兴安岭森林深处。大姑返回城市时，带着两个上小学的女儿，她们一直跟着奶奶生活。文超出生不久就没了娘，奶奶告诉全家人，今后大姑的任务就是带大文超。下乡劳动生活锻炼了大姑，大姑将"低调做人，不求回报"作为了自己人生的座右铭。当时她为了文超失去了就业机会，这些年来一直如老黄牛般为这个大家庭默默耕耘。一直到奶奶爷爷去世后，大姑更是担起了文超的全部大事小事。大姑听到文超出事的消息，血压立马上升。她在医院住了一个星期，这是刚刚出院就直接来看文智。大姑说今天来主要是想看看现在这个唯一的侄子，嘱咐了一通文智后就离开了。文超出事，她是这个家里最难过的人，文智很理解大姑的心情。看着大姑离去的苍老背影，文智有种说不出的难受。

"六一"儿童节快到了，满婷告诉嫣然，小女儿将参加学校的文艺演出，她给小女儿从网上买了几条好看的裙子，穿上可漂亮了。嫣然看了照片说，穿上纱裙的女孩就像电视里的童星。她一下想起了格格，格格与满婷的二女儿同岁，嫣然找满婷要来了店铺链接，给文智的两个女儿也买了几条纱裙。冰城很喜欢女孩，上次大家一起聚会时抱着格格不舍得放下。"六一"儿童节正赶上休息日，嫣然邀请大家来家里做客。嫣然带上姑姑梦忠及她的两个孙女，一起去了室内娱乐场馆、图书馆和电影院。孩子们穿上漂亮的纱裙，玩得可开心了。格格说，这是她近期最快乐的日子。格格很会说话，她说感谢奶奶和嫣然姑姑带她与姐姐一起出来，她太高兴了！孩子的话，让梦忠有些伤感。梦忠说："我这个儿子有什么事情都自己一个人扛着，从不跟我说，他怕我劳神操心。"嫣然劝慰小姑梦忠说："你不是总对我说：人要知足常乐吗……"

　　嫣然与这个最小的姑姑年龄相差十几岁，小姑梦忠个子不高，嫣然小时候，她带着嫣然经常乘坐免费公交到处去玩。嫣然总也忘不了一个片段：在她两三岁的时候，这个十几岁的小姑每过一段时间，就会带她乘坐公交来到当时最著名的西点店，她会花三毛钱买一个奶油的或巧克力的冰激凌球，给嫣然吃。嫣然记得，她坐在长木凳上脚丫子根本着不了地面，小姑梦忠坐在旁边怕她摔下来就用双手扶着她大腿。那时冰棍儿三分钱一根，刨冰一毛钱一盘，三毛钱一个的冰激凌球绝对是奢侈品了。在嫣然的记忆中，这个姑姑比她高不了多少，也不比她大多少，可她每次带嫣然出去却很有长辈的样子。多年来，两个人关系一直很近。小姑梦忠脾气性格温和，平常喜欢唱歌，参加了一个歌唱团，每周她会准时参加活动。她自己会做活儿，穿着比较讲究。她还喜好各种体育活动，轮滑不用学穿上轮滑鞋就能跑起来，冬天也能穿上冰刀鞋在冰面上滑冰。她现在六十多岁的人开车满城跑。小姑梦忠看上去很年轻，一点也不像退休的老年人。嫣然一直认为三个姑姑中，小姑梦忠是最幸福的。大姑梦洁七十多了，就想看见孙辈，人称隔辈疼，可是大表妹肚子就是不见动静；二姑梦清也有她的难处，小表妹明珠远嫁南方，二姑陪着女儿去南方住，自己身体又不适应，总说吃住都不习惯，每次去浑身起皮疹。

### 叁

七月一天的中午，嫣然很困很累，她躺在办公室沙发上，跟同事说着："这世间最美好的事情除了吃饭，就是睡觉了……"前一天的单位视频会晚上八点多才结束，她到家就已经十点多了。熟睡中，她被手机铃声吵醒，一看表刚睡了五分钟。有些生气的她一看手机，是远在南方的表妹明珠打来的，她很少来电话。只听明珠带着哭腔说道："大姐，我妈妈病了，今天胃镜结果出来了，很不好……"挂了电话后，嫣然一下子想起了去世多年的父亲，这个二姑的脾性，跟父亲太像了，难过一下涌上心头，也想起了以前的许多事。

嫣然这个二姑性子急，脾气大，要求高，是典型的完美主义者。听说她上学时，就得门门一百分，考不好自己都饶不了自己，为了学习可以不吃饭，不睡觉。工作上她也是一丝不苟，得年年得先进。家里让她收拾得干净整洁，炒菜的锅底都刷得亮亮的。她还会裁剪做活儿，在买不起呢子大衣的时代，记得二姑就照着同事买的大衣样子，自己做了一件海军蓝的双排扣长款大衣：前胸闪闪发光的铜色大扣子，搭配肩领处及袖口处的小铜色扣子。据说是八片裁剪，上身瘦溜下身裙式，穿在身上立体感很强，那衣服轰动了整个楼群。那年春节假期，邻居聊天不经意间就能听到"我们买的这衣服还不及人家自己做的洋气"。嫣然从小羡慕表妹明珠，她穿的衣服都是二姑亲手缝制，花色艳丽，样子活泼。她吃的饭菜更是荤素搭配，有干有稀。每次大家聚会都愿意到二姑家，因为二姑做的饭菜不是大鱼大肉，而是根据节气来做，还合大家的口味……一阵微信来电铃声打断了嫣然的思绪，只听妹妹潜然也带着哭腔来报信："姐，二姑……"

一家人听说梦清病了都很着急，梦忠哭了。她说："哥哥已经没有了，这个姐姐又病了……"明珠带着父母回来了，冰城很快联系到医院的床位。手术前期检查完毕后，手术日期定在一周后。梦清做手术那天正好入伏，天气出奇的热。梦洁、梦忠、嫣然、冰城、潜然、明珠等家人能来的全部都到了。手术室外家属等候区人满为患，但整排座椅大部分空着，家人们都焦急地站着，眼睛直直地瞪着候诊手术的大屏幕。大喇叭不停地喊话："23号手术已经结束，请家属到三楼手术门口接应。""20号手术家属请速到二楼手术隔离室，主任找。"……文智接到明珠电话后，很快和美丽也来了。两个人一身素色运动衣，文智晒得脸上冒了油，汗珠黏着头发打成了绺，手里拿着冒热气的头盔。美丽带着遮阳帽，身上披着防晒衣，脸上的汗顺着长发流下来，摘下口罩说："我上午有两节课，来晚了！"梦洁看着文智手上头盔问："怎么来的？今天四十度啊！"美丽答道："我们分别骑着助力车，在大门口会合，骑着一点不觉得热，还有风……"美丽明显比上次聚会时瘦了许多。大约四十分钟后，梦清被推出手术室。她的胃部被切掉了三分之一。医生说她的病属于癌变早期，所幸没发现癌细胞向其他脏器转移，手术很成功。结果比预期要好很多，大家悲伤紧张的心情有所好转。

在梦清手术后还没出院的日子里，姐妹三人经常开视频会议，在一起聊天。梦洁告诉梦清，现在医疗水平很发达，进步得非常快，肿瘤治疗手段也从单一的手术转向射频、冰冻、靶向等多种治疗方式，要她注意个人饮食调节，加强适量身体锻炼，有半年时间身体就会慢慢恢复了。七十多岁的梦洁依然会一周出诊五天，六十多岁的梦忠依然干着兼职会计。她们俩会轮番做一些拿手饭菜给梦清送去，每周姐妹三人都会聚会。

每一次伤痛除了会给身体带来疤痕外，也会警醒大家光阴宝贵、生命无价。明珠决定让父母留下来，这样方便母亲梦清以后的治疗。他们也正在悄悄到处看房子，希望给父母买一个带电梯、楼层好、出行方便、面积大些的房子。她说，也许将来会带着孩子回来与父母一起生活呢！

嫣然又开始画第二幅油画，这幅画的内容是整片的森林，整体画面以绿色为主，绿色是生命的象征，画面还有小桥流水。每个星期她都会挤出半天时间，安安静静地去画油画。她喜欢这种状态，放空自己，给自己一个宁静的港湾。她会画出树的年轮、鹅卵石在水中的倒影、树枝搭成原始栅栏的树皮痕、每片树叶上不同的叶脉以及远方蔚蓝的天空。时间不声不响地过去了半年，嫣然还没完成她的第二幅作品时，春节就快到了。

文智已经成功帮助明珠买到了合适的房子。梦清手术后，明珠陪父母住了一段时间就回南方了，那边除了有一大堆工作外，还有上小学的女儿黑妹等着她。这边买房子的事情明珠就全部委托给了文智。除了四郊五县，文智基本上把全部新房和二手房源都从网上浏览过了，对符合条件的优质房源自己先去实地看了一遍。房子的位置、朝向、楼层、户型、交通、采光以及价格等，这些都是他看的重点，也是选房的重要因素。经过自己实地看房筛选后，选出基本符合条件的房源。与明珠视频联系后，文智再领着他的二姨父即明珠的父亲去实地看房，再与房屋中介谈房子价格。房源不断地出，他们也在不断地对比、筛选、商谈，最终选中了一处符合心意的二手房。

经过半年的调养，梦清身体恢复得很好。三个月和半年期的身体检查结果都显示：身体各项指标基本正常，没有发现癌细胞转移迹象。春节前，明珠安排好了自己所有的工作，提前十天返回。在签房屋买卖合同前，明珠特意带着母亲梦清又去看了房子。梦清很高兴，一是自己各项指标基本正常，二是明珠带着外孙女黑妹及女婿回来过年，三是看到这三室的大房子。她跟姐姐梦洁说，我知足了！

肆

文智的妻子美丽总是担心自己母亲一个人在南方老家的安危，每天她都与母亲视频通话。她看着母亲日渐消瘦，心里着急却帮不上忙，自己总是没精打采提不起精神。她心里惦记牵挂自己的母亲，两个女儿看着美丽的样子也很难受。一天，格格悄悄地跟文智说："爸爸，咱们能把姥姥接过来住吗？"文智说："能接过来，就是担心姥姥住习惯了老家大房子，跟咱们挤在这个小两室里会不习惯。"姐姐爱爱对格格说："爸爸说得有道理，我小的时候经常住在姥姥家，姥姥家的房子可大了，足足有两百多平方米，相当于三个咱家那么大，我能在房厅里骑自行车。姥姥家的灯都是水晶吊灯，宽大的餐桌我能躺在上面睡觉，好像还有四个卧室。姥姥家对过还有一套大房子，一整层都是姥姥家的。"格格说："爸爸咱能再买个房子吗？离咱家近些的，这样就可以让姥姥来了……"

对于孩子的无心之言，作为父亲的文智听进去了。自从文智圆满完成了表姐明珠交给自己买房的任务后，也学到了很多买房的知识，认识了一些房屋中介。于是他很快联系了熟识的房屋中介，自己一个人就行动上了。他没有告诉妻子，因为他也不知道能不能遇到面积合适、价位合适的房子。如果没有实现，让美丽空欢喜一场，那可不是他的作风。

那段时间，他常与房屋中介联系，还在不断地看房。美丽也奇怪，明珠的房子不是买完了吗？怎么还联系中介？而且她每次听丈夫跟对方的电话，好像说的都是本小区的二手房。她每次问文智什么情况，文智总是说了解一下房屋行情。最近一段时间，美丽每次问两个孩子是否需要文具、衣服或想带她们一起出去吃饭时，孩子们不似往日一脸高兴的样子，而是平静地回答："不需要，我们要勤俭节约！"孩子们的变化，让美丽不解。

春节前打扫房间，梦忠不小心崴了左脚。她现在开的车是手动挡，左脚伤了，开车油离配合都困难了。她给儿子打电话，文智很快将自己的自动挡汽车给梦忠开过来。听说梦忠伤了脚，文智一家四口都过来看看她。文智说："我家还有一辆车，够用。平时我们接送孩子上下学骑助力车，不堵车。这两辆汽车就是个摆设，总放在地库里占地方。这车您就安心开吧……"格格顺嘴说："奶奶，我爸说开车费油，我们要攒钱买房子呢！"爱爱拽着格格说道："又瞎说，你满脑子糨糊……"梦忠看着儿子没有想说的意思，也就没有细问。美丽眨着大眼睛也没听明白，心想：这几个想干什么，就瞒我一个人……回家的路上，美丽显然就不高兴了，阴着脸，谁说话也不搭理。文智带着两个孩子，赶紧把事情的原委说明白。文智告诉美丽："现在房子确实有些眉目了，咱们家楼栋对过 12 号楼的 11 层有一处法拍房价格可以谈，但是手续有些麻烦，我正在研究……"

　　儿子走后，梦忠想起孙女说买房的事情，又联想起孙女跟她说："我们家现在勤俭节约，少外出少聚餐少开车，要节约一切开销！"她担心孩子在长身体的时候，亏了孙女们的吃喝，跟自己一样影响生长发育。过了几日，她给儿子文智打电话："有空来家里一趟。"文智以为母亲的腿脚不便，赶紧赶过来了。梦忠拿出一张存单给文智，说里面有五万元快到期了，让儿子拿走。文智赶紧说："这是您的养老钱，我不能要，我们可以自己攒钱。"他如实告诉了母亲自己想买房的原因。梦忠说："家和万事兴，你这样做是对的！我支持！两口子过日子需要互相帮扶。这个钱就当是我买了你的二手车，可好？"最后，文智听从母亲的安排，收下了。

　　美丽也开始积极学习房产相关知识，她告诉文智："法拍房风险点有三个：一是需要一次性付款；二是存在不能落户的风险；三是如果此房正在出租，可能无法马上入住。另外在过户流程中，法院对此处房子是否已经解除查封等也是问题。"文智逐条核对，一一落实。文智与卖方、中介经纪人多次商量协商，三个月后走完所有交易流程，拿到了房屋钥匙。

梦忠告诉嫣然，文智一家四口可忙碌了。文智联系装修公司，正在对房屋进行粉刷、铺瓷砖；美丽量尺寸，已经在家居城定制了简单的家具；两个孙女帮着父母给这处新房子打扫卫生……

时间过得可真快！五一假期，嫣然来到文智家刚装修好的这处新房子。这是一个两居室的复式公寓，一楼有房厅、厨房和卫生间，二楼有卧室、储藏室和卫生间。一楼二楼之间除了旋转楼梯外，共享空间也很大，房子看起来很通透。嫣然看了厨房和卫生间的简欧装修风格，赞不绝口。文智悄悄告诉嫣然，厨房整体橱柜他们没动，只是换了台面和抽油烟机。刚进来时，这厨房根本没办法进人，可脏了！抽屉根本关不上，面板裂了大口子，抽油烟机坏了，到处油腻得让人想吐……美丽说只要能用，咱就不换了。她每天晚上过来擦洗，这个整体橱柜她擦了一个星期呢……嫣然不敢相信这是旧的，这里的一切都是那么光亮与通透。橱柜的每个抽屉的滑道都光亮无比，推拉很丝滑。面板是实木门面，哑光，根本看不出来是旧的。卫生间如星级宾馆一样干净整洁，旋转楼梯的每个拐角都没有一丝尘土，扶手光洁如肌肤。二楼有四个白色书柜整齐地立在走廊，地上还堆着一些面板。嫣然问了才知道，这些柜子都是美丽两口子带着两个孩子一块面板一块面板自己组装的，剩下的这些板材是五斗柜的材料。他们全家人每天吃完晚饭就开始组装柜子，已经干了两个星期了……

嫣然问两个孩子："干这么多活儿，累吗？"爱爱与格格很高兴地对嫣然说："姑姑，自从爸爸买了这个房子。我们每天来这里收拾，虽然会累一些，但是我们一看见爸爸妈妈的笑脸，就不累了……"

生命中的红色血缘

对于离开家乡多年，或是从小就没有在家乡生活过的人来说，故乡就意味着祖上的根。寻根，必然要寻找故乡。故乡就像有一种引力，深深地吸引着离开家乡的人们，年龄越大，越有回故乡寻根的念头。梦洁对老家的印象很深，她骨子里有父辈思乡的遗传，有母亲乡音未改潜移默化的影响。这年端午节，梦洁带领一家十几个亲人一起相约回老家山东，去看看家族生命起源的故土。

一路上，大家看着窗外沿途的景观，梦洁、梦清、梦忠三姐妹你一言我一语地聊天，忆起她们的祖父祖母、父亲母亲。她们讲起一辈子铁汉柔情的祖父。她们的讲述感动了在座所有的人，那是嫣然这一辈人闻所未闻的家族故事，也是嫣然第一次听到自己家在抗日战争年代的革命家史。那带着血与火的陈年往事，如鲜活生动的画面，一件件、一桩桩地浮现在大家的眼前……

## 壹

嫣然家祖籍山东省宁津县，地理位置紧邻河北省，在河北省与山东省的交界地。村头有一条宽宽的大河，大河那头便是河北省境地。河道两侧种着各种农作物，一年四季交替更换，姹紫嫣红，有挺拔的红高粱、绿油油的玉米秆、齐腰的棉花，各种蔬菜如豆角、茄子、西红柿已结硕果，地里还可以刨出红薯、土豆和花生，还有男人们的最爱——可以做香烟的烟草叶子。另外，什么香葱、大蒜、芝麻、山楂、桃子，只要你能想到的，地里就可以找到。不论男女老少，田里一定是所有人最爱的地方。

尤其是在秋收季节，家家户户全体出动，即使你是八十岁裹着小脚的老太太，也会一步一嘎悠地移步到自家的麦田，美其名曰是帮忙干点啥，其实就是想看看自家的收成，体会收获的快乐。你可能会问，干啥活儿呢？那活儿可多了去了。那时没有现代化大型机器，什么收割机器也没有，一切都得靠人工。割麦子、掰玉米、摘棉花、收烟叶……就说玉米地吧，得先把玉米一个一个从玉米秆上掰下来，堆成堆，装进麻袋，打成包，然后用只有一个木轮的小推车运回各家。从田地到家的距离最少也得有两里，而且道路坑坑洼洼，人们一天不知道要往返走多少路。一天下来累得人连饭都不想吃，直接躺大炕上熟睡过去，哪有现在的失眠呀？那是男人们最累的日子。但小憩时，拿出自家大旱烟袋吸上两口，远眺宽宽的大河，伴着孩子们在田间地头的嬉戏打闹，身旁还有女人的陪伴劳作，美景尽收眼底，一切都是那么美好，充满温馨。

嫣然对曾祖父还有记忆，是因为父母都工作，她从小跟着曾祖父识字读书。他个子不高，瘦瘦的，留着白胡子，其貌不扬。但曾祖父满脑子学问，九十多岁了还每天坚持看报纸《参考消息》、听国际频道广播。嫣然记得小时候，家里总有客人来看望他，有的是山东老家的亲戚，也有上海的离休老干部。嫣然从小就纳闷儿：曾祖父有文化，怎会没有工作呢？怎么有那么多故人会不远长途跋涉来看望他？

曾祖父名叫张元义，在家中排行老三，上面有两个哥哥。他从小家境殷实，两个哥哥身体好，好动，习武。他从小体弱多病，好静，爱看书。他二十几岁时，都结婚娶妻了，因为曾祖母家是私塾世家，他还在岳父学堂里上学。据说当时周边村子只要有学堂，他都学了个遍。有人说他这是在逃避干农活儿的苦与累。不过，他确实没有体力干农活儿，据说同龄人能背一袋粮食，他只能背起半袋子。但曾祖父结婚分家后自家小日子过得却是红红火火。别人种粮食，他种烟草，他的想法做法总是与别人不同。每年家里都结余丰厚，他会算计着再买些农田，所以他比两个哥哥家的日子过得还要宽裕。等到他的儿子一降生，就有人上门来订娃娃亲了。他四十几岁时，已当上了本村的村长。这个村有家谱，嫣然也见过，村里人都姓张，是一个祖宗的后代。那时的他，不仅是村子里学识水平最高的，家境也比较富裕，而且对村中贫困户还管吃管喝。据说，村中总有人来家里借钱，从未还过，但他还会再借。家人对此很是不解，而他总是有自己的一套说辞，别人驳不倒他。

七七事变后，日本军队占领了他们的村落，张大古村失去了往日宁静、安逸的生活。村头的大河看不到欢快的水鸟，良田中的笑声换成时不时恐怖的枪声，不分白天与黑夜。为避免日本人的强暴，女孩子们在自己俊俏的脸上抹上锅底灰，头发乱成烂鸡窝一般。老人孩子吓得不敢出门，唯一的口粮还经常被抢，人们过着暗无天日的日子。哪里有压迫，哪里就有反抗。曾祖父作为村长，那时早已与共产党地下组织紧密联系，领导附近几个村中的老百姓，尤其是青壮年，组织成一支队伍，与日本鬼子打游击战。家家户户挖地道，在大灶台下、火炕下、柴火房里，做到家家相连，院院相通，最大限度发挥敌进我退、敌退我进的战术。日本人为了进行殖民统治，还把学堂搬进了各个村子，要求所有孩子都得上他们办的学堂。为了防止百姓传播反抗思想，日本兵会拿着长枪刺刀不定期地进行每户搜查，检查是否有关于抗日的学习材料。

曾祖父不惧危险，毅然决然地让孩子们跟着地下中共党组织学习新思想。孩子们要往返于别的村子学习，回来后立即把学习的书用布包好，不固定地埋在土里或墙洞里。曾祖父很忙，村中老少生老病死的事情他都得管，他说那是他的族亲。他告诉百姓，大家要保护好地下党组织，让他们在村中吃好喝好住好，他说那是我们百姓的亲人，能给穷人带来希望。除此之外，他还要应付日本人，忙得一天天的都不在家。

嫣然的曾祖母张李氏，没有裹小脚，还有文化，笔下端庄秀丽的小楷书如她的人一样出名。她高高的个子，是邻村李家村出了名的才女。农村的冬天，夜本来就长，在那些心惊肉跳的日子里，黑夜更加漫长无边。院子屋内不再有孩子们的琅琅读书声，她也不能在煤油灯下看进步书籍了。

在那些寒冷的漫漫长夜，曾祖父张元义不在的日子里，家里经常是这样的画面：曾祖母张李氏揽着怀中小女儿，左右两边是儿子和大女儿，四口人围着一盏不太光亮的煤油灯，三个孩子聚精会神地听着母亲讲故事。那些故事从神话到传说，从天上到地下，云里雾里，应有尽有。孩子们每天都在听啊听啊，听着听着就长大成人了，他们不仅个子长高了，内心也强大了，不再感觉寒冷了，更不再惧怕什么了。这时的儿女们，很像后来《我的祖国》中的歌词："姑娘好像花儿一样，小伙儿心胸多宽广，为了开辟新天地，唤醒了沉睡的高山，让那河流改变了模样。"他们会高兴地偷偷去别的村，到地下党组织的学校里读书，因为他们心中有了信念：相信阳光一定会普照大地，未来是光明的。

曾祖父身为村长，整日游走在日本人中间，虽然谨小慎微，努力护着村里百姓安危，按照自己的信仰做事，但天底下哪有不透风的墙。1940年夏天，日本人知道在张大古村子里竟然藏有地下党，而且据可靠消息，有几位地下党的重要人物现在就藏在这个村子里。终于，日本人杀气腾腾地来到村里，要捉拿共产党，他们驱赶全村老少到村东头集合。因为那里是这个村的祖坟所在地，生长着全村最粗、年龄最长的老槐树。那时，留在村子里的都是些老弱妇孺，青壮年大部分跟着共产党去打鬼子了，根本不在村子里。

日本兵可不管这一套，他们不分长幼、不分男女，将全村的村民一个不落地圈赶到了一处。这一小队日本兵，大概有十个人左右，手握带有刺刀的长枪。他们背朝太阳，站在老槐树的荫凉处，让村民们通通站在太阳地中，夏日刺眼的光让人根本睁不开眼。他们还要求老乡们站成几排，人与人之间必须有距离，不得紧紧地凑在一起。曾祖母张李氏抱着七八岁体弱的小女儿，也被强行分开。日本兵用刺刀对着老弱病残的百姓，一个一个地审问地下党藏在哪里，吓得孩子们号啕大哭。

烈日炎炎的中午，是树上蝉鸣最欢的时候，夹杂着孩子的哭声、百姓愤怒的低声控诉，经烈日阳光蒸发后，烦得日本兵哇哇乱叫，但嘈杂之声始终没有停止。突然，一声枪响，一切声音随之戛然而止，连树上的蝉儿好像都被吓得哑然无声。原来是日本鬼子在吓唬百姓，朝天空放了一声空枪。紧接着一个受到惊吓的孩子，放声大哭起来。近前的一个日本兵，拿着刺刀直朝那孩子走过去，孩子母亲紧紧地将大哭的娃搂在怀中，同时用手捂住了孩子的嘴。这时，只见曾祖父一个快步，赶到日本兵跟前说："有什么事找我，别伤害孩子！"

嫣然的祖父，当时只有十五岁，看到这一幕，他的两腿颤抖不停，因为他见过日本鬼子杀人的场面。接着，曾祖父就被日本兵绑住双手，吊起在那棵老槐树下。他的双脚离开地面，两腿在空中晃荡，场面极为恐怖。曾祖父被高高地吊起后，正好能看到张家祖坟。他看着看着，便慢慢地闭上了双眼，他知道那里马上就是他的归宿。日本鬼子逐一审问每一个人："中共地下党员到底藏在哪里？"问一个人，摇一下头，曾祖父的腿就会被鬼子端着的枪托砸一下子。没过多久，他的双腿已经血肉模糊，但曾祖父张元义始终没有哼过一声，更没有一声哀求。他要让祖宗知道，他张元义是个有血性的男儿，他要让儿子明白，人应该怎样活着。

祖父说那时不敢看他父亲的脸，只知道他的母亲也就是嫣然的曾祖母张李氏已经哭昏过去。全村乡亲跪地哭求："放了村长吧！我们真的不知道啊……"这哭声中，不仅充满孩童的惊恐，更多的应该是气愤、哀怨和仇恨。我祖父后来每次讲到这些，都会眼含热泪，因为那个惨烈的场面已经深深地烙在了他年少的心里。

曾祖父张元义没有被打死。鬼子打人打累了，在太阳下热得不行了，也没问出地下党的下落。日本人可能考虑曾祖父还是个村长，以后或许还会有些用处，便把他从树上解下来，连拉带拽地带走了。当时曾祖母已经哭昏过去还没醒来，祖父也被吓坏了，嫣然的祖母也在场。祖母与祖父定的是娃娃亲，那时农村人有"女大三，抱金砖"的说法，所以祖母比祖父大三岁。因两人从小定了娃娃亲，虽还未成亲，但两家关系始终亲密，祖母平日也会总来家里帮忙干活儿。胆大心细的祖母本来就性情豪爽，敢说敢干，眼看着曾祖父被日本兵带走，她一路远远地跟着，既怕跟丢了，又怕被发现。日本鬼子牵着绑着曾祖父双手的绳子，连拉带拽，最后将曾祖父拉到了邻村关了起来。

　　祖母一直跟到了关押地点，知道具体地点后，便回家找他的父亲商量对策。几天后，曾祖父被放了回来。人虽然是回来了，却已是奄奄一息，双腿被打残了，村里人当时是用担架把人抬回家的。具体情况是这样的：曾祖父确实把那几位中共地下党员藏在了一个极其隐蔽的地方，除了他本人，谁也没有告诉，就连曾祖母张李氏也不知情。曾祖父用生命保护下的那几名地下党员，在顺利脱险之后，与他们成了生死之交。

　　自那以后，曾祖母就带着曾祖父和一家老小回娘家李家村了。曾祖父一直住在李家学堂养伤，从双腿溃烂，到蹒跚学步，再到能正常行走，前后用了好几年时间。曾祖父晚年时，他对双腿的保护也是极其重视的，双腿一直绑着裹腿布。直到1945年，抗日战争结束后，祖父与祖母结婚，这一大家子人才重新回到张大古村生活。

1949年后，曾祖父救下的那几名地下党员，分别被派往上海等地工作，但这份恩情他们永生难忘，希望将这份情谊代代相传。或许是因为这段情谊，也因为工作上的往来，嫣然祖父的姐姐，即她的姑奶奶，真的嫁给了其中一位地下党员的儿子。他们后来一直在上海工作，生活幸福美满。

曾祖父一直重视子女的教育问题，他曾对子女们说过："一定要好好珍惜生命，热爱生活，珍惜当下的每一天。"在嫣然家的老屋，房厅墙壁的中央，始终挂着曾祖父的楷书横幅"天道酬勤"。它是家规，更是祖训。祖父也是儿孙的榜样，他谨遵祖训，从未放弃过学习。即使在战争年代，祖父也一直坚持学习，后来考入津城的著名大学。嫣然祖辈这才举家从山东来到了津城。

## 贰

三姐妹的对话无意间感动了大巴车上的所有人。孩子们不再吵闹嬉笑，而是认真听着奶奶们讲故事，还不时响起阵阵掌声。孩子们还听到了"笨手指"的革命故事。

嫣然的父亲、姑姑们的亲舅舅，也就是嫣然的舅爷，他有一根奇怪的食指——粗壮且明显错位。他的这根手指在当地有一个响亮的名字——"笨手指"。为什么叫这么古怪的名字？

舅爷是地地道道的山东农村人，出生于二十世纪三十年代。在村子里，他家是属于比较富裕的，本来农村人就重男轻女，再加上他是这个大家庭中的长房长孙，所以从小他就很受宠，接受教育也很早。家中专门请来私塾先生来为孩子们授课，表姐妹、堂兄弟十几个孩子不分年龄一起听课学习。因舅爷的年龄最小，总是边学边玩，还常搞出一些小动作影响先生授课，弄得先生总是找他爷爷告状。但是他爷爷总是护着他，说："顽皮乃孩子天性！"从不责罚他。他也是真争气，别看年龄小，每次先生考试他都是满分。有一次，他没得满分，但是其他兄弟姐妹有得满分的，他还真的生气了。那天他见谁都不理，就一个人待在屋子里。晚上吃饭时，任由谁叫他去吃饭，他也不吃，就一个人点上煤油灯，不停地抄写，写了一篇又一篇，直到整个院子都黑了灯，他屋里还是明晃晃的。也是自那以后，他真的努力了，晚睡早起地念书，无论是先生检查作业，还是背诵默写，在这群孩子中他都得是第一才行。他说："如若不然，他就愧对爷爷的偏爱。"

舅爷从小淘气好动，对不需要他干的农活儿他也偏要学。放假在家他从不闲着，他跟着大人们下地摘棉花、掰玉米、刨红薯……忙前忙后的，还经常叫上一起上学的堂兄弟们，一起下地帮着家人干农活儿。婶婶们都很喜欢他，说他从小就有号召力和影响力。

冬天是农村每家每户最闲的时候，也是一年之中天气最冷的时候。白天只要出太阳，老人们最喜欢做的事就是：靠在墙根，嘴里叼着大烟袋，三一群五一伙儿地凑在一起，一边晒着太阳一边唠着家常。冬日暖阳的日子里，临街墙根晒太阳的老人们，整齐地从村东头一直蹲到村西头，人头攒动，连比带画说笑的好不热闹。只见一群孩子不知从哪儿弄来了一棵有碗口那么粗的枯树，连拉带拽地进了村。冬天干燥平整的土路，被这棵枯树上参差不齐的树枝割出一道道深浅不一的划痕，经北风一吹，扬起一团团黄土。村里的路不宽，这些黄土立刻蒙住了晒太阳老人们的双眼。他们只听到一群孩子从身边经过的嬉闹声，也听到有一个男孩子在不停地大声喊道："小伙伴们！我们马上就到家了，再坚持一会儿，今天晚上我们一定会很暖和！"这团黄土也从村东一直飘到了村西。寒冷的冬天，晒干的玉米秆、芝麻秆是每家每户生火取暖的主要燃料，如果能寻到干柴、枯树干用来生火就更好了。这不，这群孩子们不惜力气从邻村拉来了一棵枯树。这消息也如黄土团般迅速飘进了村子里的每家每户。接下来，每家都陆续收到了孩子们的心意——枯树柴火。

为了快些把枯树柴火送到各家，舅爷不听爷爷的话，自己学着父亲的样子，也拿起斧头劈起了枯树。农家工具没有儿童专用的，斧头都是很沉的那种。虽然爷爷一再拦着不让他动斧头，可他就是不听，结果危险就发生了。一斧子下去，他是劈在了枯树上，也劈在了还扶在树上没来得及躲开的自己左手食指上。只听一声通天惊叫"啊——"，时空瞬间凝结。只见他的左手血柱喷涌，食指最上一截骨肉已经割断，只有最外皮连接耷拉着……在场所有人都吓坏了，不知所措，舅爷的父亲当场晕倒，是他的爷爷一把攥住这受伤的食指，喊人快去叫村医。

后来的事情是这样的：村医来了也没有办法，一天后从县城请来的大夫给包扎好后说，千万不能感染，否则连小命都难保。爷爷就这样一直攥着那手指三天三夜，姿势从没有变过。全村人都为这个热心的孩子揪心祈祷，那年冬天村子比往年安静许多，晒太阳的老人们每天都在关心他这根手指的情况。好像大家的真心感动了上天，舅爷没有发生县里大夫所说的高烧、菌血症、败血症，他的命保住了。三个月后，也就是转年的春节，他手指不再感觉疼了，爷爷才拆下厚厚的纱布：那食指真的长上了，也有知觉。只是最上面那节食指不能弯曲，明显与下面指节错位，那根手指也比其他手指明显粗壮很多。从那以后，大家都管他那根手指叫"笨手指"。那年他六岁，是1937年。那也正是日本发动全面侵华战争，中国军民奋起抵抗，中国掀起全民族抗战高潮之时。

当时日本鬼子已经陆续进入各村，大家军民一心，各个村子与共产党地下组织已经建立联系，组织起一支支抗日队伍，与日本鬼子打起了游击战。

舅爷家的私塾先生早就不能授课了，舅爷带着一帮小伙伴们每天溜到他姥姥家的王家村，跟着地下党组织学习新思想。通过日积月累的学习，孩子们更加坚定了团结一心、打跑日本鬼子的决心。舅爷是最早一批参加抗日儿童团组织的孩子，与大人们一起积极参与抗日。他会把看到听到的日本鬼子残害中国百姓的事实，及时讲述给母亲、婶婶们及小伙伴们。他会每日把小伙伴们召集在一起，给大家介绍各村抗日总体进展情况。他会将自己学到的新思想新文化讲给大家听。

抗日儿童团的任务很多，除了宣传新思想新文化，他们还负责站岗放哨、送书信，参与侦察敌情、抓汉奸、帮助抗日家属做事情等工作。站岗放哨一般两个人一组，分组轮流值勤。团员们手持红缨枪或木棒，警惕地在村边路口守望。遇到过往行人，他们就进行盘查，查出可疑的又找不到证明人的，就送到村公所。团员们也在村外的山头上放哨，栽上"消息树"，派专人守在树下。发现日本鬼子出动，他们便将"消息树"拉歪。"消息树"歪斜的角度越大，说明日本鬼子越逼近，树尖指向哪里，表明鬼子就从哪个方向来的，村民就可以向相反方向躲藏。儿童团的工作不仅给儿时的舅爷带去了乐趣和希望，同时更加坚定了他战斗必胜的信心和勇气。

一般重要的送信、传递消息、深入敌后的任务都由经过专门培训且经验丰富、年长一些的儿童团团员来完成。但在一次紧急任务时，因专门传递消息的团员不慎摔伤，临时培训又来不及时，村里决定再选派一人。在挑选的过程中，团员位一听说是到有日本鬼子驻扎的村子去送信时，当时有的孩子就害怕退缩了。但舅爷主动站出来，说："我能去！"因当时他年龄小，个子也不高。在大家都很犹豫时，他又胸有成竹地跟大家说出了他对付日本鬼子的办法。于是那次的任务交给了他，最后他出色地完成了任务。

当时的情形是这样的：当他到了五里地外的孟村时，村口真的有日本兵把守。因为有人通风报信告诉日本人，这个村藏有地下组织，所以村子每个入口都有一小撮日本兵把守。每个进出村的人都会被细细搜查盘问，鬼子背着带刺刀的枪，将进出村的每个人身上搜个遍，再经过仔细盘问才会放行。稍有疑点，就会被拉到一边，那结果可就不好说了。那阵势，别说是孩子，就是大人见了都觉得恐怖。当看到舅爷是个蹦蹦跳跳七八岁的孩子，也没个大人带着时，日本鬼子带着狗腿子一个劲儿地盘问，可是舅爷都能对答如流，而且身上也没搜着任何东西，最后不得已才让他进了

生命中的红色血缘

村子。进村后，舅爷凭着他那根"笨手指"作为记号，找到了联系人。他还把传递的消息一字不落地刻在了脑子里，并转述给了对方。因为他及时传递了消息，那次险些被日本鬼子抓到的地下党组织成员成功脱险了。那年他九岁，于是他成了儿童团的名人，他的"笨手指"也成了他自豪的标记。

他成了儿童团组织的重要一员，他积极组织村子里的孩子们加入儿童团组织，带领大家一边读书学习，一边参加各项抗日活动。团员们互相学习并传授经验，他们利用自己年纪小、不被注意的特点，传递重要情报。他们还积极参与做动员、藏粮食、抬担架、收麦子、掩护伤病员等工作，舅爷成了真正的儿童团干部。后来，因年龄小、体质弱，十几岁的舅爷生了一场大病，还一度与组织失去了联系。直到1949年后，他才与当初一起参加儿童团的团员们重新联系上，舅爷被党组织认定为离休干部。当地人只知道，这儿有一个特别有名的离休老干部叫"笨手指大爷"，但具体姓什么叫什么，谁也记不得……

## 叁

不知不觉车子已经开到村口，嫣然一眼就看见早已等候在站台的华叔叔，华叔叔是"笨手指"舅爷的大儿子。一家人告别大巴车上听故事听得意犹未尽的人们，跟随华叔叔来到了他家，这是他们的第一站。

华叔叔是村中小有名气的企业家。十多年前，他开始到各地推销他们村的农副产品，带领大家种植藜麦等杂粮产品，他们杂粮产品早已进入各地的超市。这些年随着网购的火爆，他们经营的农副产品需求量加大，农民的收入更是逐年攀升。去年，他家重新翻盖了房子，五间平房改造成260平方米的两层别墅。鸡翅木春秋椅、大茶台、纯实木书柜、太阳能冷暖空调等一应俱全。孩子们高兴得楼上楼下不停地跑。爱爱对奶奶梦忠说："这大房子比我家宽敞多了。"梦洁说："现在农村的变化可真大啊！"华叔叔说："现在日子真的是比原来好很多，村中的路一直在不停地修。家门口就有公交站，我娘经常乘坐公交车去赶集，可方便了！"梦忠带着几个孩子到院子里玩了一会儿，华叔叔开着自家的车带领大家参观了他们的厂房，围着村子转了好几圈。

第二站来到了村东头，格格一直在问："太爷爷是被吊在那边的树上吗？"随着格格手指的方向望去，大家看见了成片的槐树。华叔叔介绍说："我们现在所处的位置，估计就是原来这个村的祖坟。"只见成片绿油油的耕地与远处的蓝天相连。梦洁蹲下身子，拿出一条准备好的手帕铺在田地上，双手捧起一把故乡的土放在手帕中央，小心翼翼地包好放在了背包里。孩子们看见梦洁的举动有些不解，爱爱小声问梦忠："奶奶为什么要带土走？"梦忠告诉孙女："梦洁奶奶很想念这里，这里曾经是她小时候的家。"梦洁有些激动，她说道："这是我出生的地方，虽然我在这里只生活了六年，但是在我心里，这里的一草一木我都记得……"

　　第三站，大家来到梦洁儿时记忆中的老宅，这里已经盖成新的院落。梦洁说："这里曾经是我们家的老屋，我就出生在这里。"这所宅院现在的主人没有在家，梦洁记忆中的老木门已经换成了两扇带着铜环的大铁门，门上贴着好看的门神画。高高的水泥院墙没有挡住院内枣树的风采，油亮的枝叶伸出墙外在微风中摇曳。华叔叔介绍说："这个院子很大，院子里种了很多树，这棵枣树最粗壮，树干一个成人双手围不过来。到了秋天，孩子们最喜欢来这里打枣，这棵树结的枣是全村最大的，也是最甜的……"大家一直仰头看着这棵粗大的枣树，孩子们问："什么时候能结枣，真想亲自上去摘呢！"梦洁说："如果我没有记错，这棵枣树是我爷爷种的。爷爷喜欢种树，他曾在院子里种下枣树和石榴树，寓意后代多子多福，象征着家庭和美，夫妻和睦。"大家认真听着，梦洁接着说："我爷爷在户口簿上的'就业状况'一项填的是'无'，晚年更没享受到一分钱的退休金，但他的一生是精彩而不平凡的，并以近百岁的高龄辞世。他虽然不是党的一分子，但在他的引领下，他的儿子、孙子、重孙女都加入了中国共产党……"

嫣然祖父生前最爱听《我的祖国》这首歌，因为它诠释了这个家的前世今生……嫣然称它为"红色音符"。小时候，家里刚买了录音机，每到星期六休息的日子，嫣然还没有起床，录音机就已经在循环播放这首歌曲了。所以，嫣然从小就会唱这首著名的歌曲。曾祖父告诉嫣然："有些东西不需要教，它早已镌刻在你的骨髓里，流淌在你的血液中。"

尾 声

养老院，英娘的双人房里，有卫生间，有电视。嫣然与潜然走进去，英娘坐起来说："还是去楼下，到大厅里坐。"嫣然说："推着轮椅，拿件衣服，楼下空调凉。"英娘搭了一件毛衫，指一指邻床九十多岁熟睡中的老太太说："这是昨天刚刚搬进来的，太吓人了，到楼下去说吧。"嫣然轻声发出"嘘"的一声。出门后，英娘说："这个老太太已经痴呆了，脑子里全是糨糊。她经常突然坐起来，拍着手，大笑，太吓人了。"潜然问："是吗？您这么长时间都是一个人住包间的，怎么会同意加床呢？这会影响您休息的。"英娘："昨天高院长来了，与我商量加床的事情，说近期需要住进养老院的老人较多，让我考虑一下。想起当初自己刚来这里时，住在一起的九十多岁的吴奶奶，对我关心有加，每天聊天，开导我，我就同意了。"英娘接着说，"这个老太太的问题是，人一多马上坐起来，拍手鼓掌。"嫣然说："开会开多了，留下的后遗症。"英娘说："你说对了。我真想换房间了，根本不敢看电视，只要电视画面上的人一多，老太太就兴奋地拍手，尤其是转播各种大会、大场面的画面时，看到画面中主席台上一排一排坐满人，老太太就眉开眼笑，马上就来了精神，拍手大笑。昨天中午我都没睡午觉。"潜然问："她是怎么受的刺激呢？"

两个人推着轮椅上的英娘坐电梯下楼，坐到大厅的沙发上。嫣然说："还是要注意休息，已经订了您爱吃的鳗鱼，这两天到货。"英娘说："我知道，生病的教训，太深刻了。现在天气热了，屋里只敢开电扇，没开空调。"英娘告诉嫣然和潜然，前天梦洁和梦忠来养老院看望她，买了她最爱吃的卤肉粽子和德州扒鸡。潜然咳嗽了一声，喉咙发痒。嫣然不说话了。她们没提起梦清。上次梦清来看嫂子英娘的时候，知道梦清得病英娘还哭了一场。潜然说："您一定要按时吃饭睡觉。"英娘说："想想我以前，生活得太不规律，也不按医生嘱咐按时服药，弄得自己现在动不了了。"嫣然和潜然没有说话，穿过一楼大厅玻璃门，可以看见养老院的花园，六月的天气已经很热了。

嫣然说："连续几天气温都超过了四十度。"英娘看见外面花园里的工作人员穿戴着防晒衣帽在浇花，说道："记得你们小时候，有一段时间住在你们爷爷单位分的平房宿舍里，那一年也是天气特别热，平房的房顶已经被晒透了，整个屋子就像一个大的蒸锅。那年太爷爷的生日，家里来了许多人，那时没有空调，一台台式电风扇调到了最大挡位，吹得每个人头发都乱蓬蓬的，也不觉得凉快。屋子里待不住，人们都在院子里站着聊天。"潜然说："院子里不应该更热吗？"嫣然说："院子里是热，但是还有一些树荫啊。当时厨房也是在阴面，还挺大的，我记得还有好多人在厨房里聊天说话。"英娘说："那时潜然很小，应该不记事。"嫣然说："嗯，我记得咱家合影时，太爷爷抱着潜然，我留着短发，穿了一件您给我做的花衬衣。"英娘说："那年我们照合影的时候，正好路过一个外国人，那个外国人看见我们这么一大家人在一起，很新奇，还过来与我们主动打招呼。他说的汉语我们能听懂，是带着外国口音的那种。他说，他从没有看见过这么一大家子人在一起过生日，那个外国人用他的相机给我们照了全家福，还与太爷爷合了影……"

嫣然还想开口，发现坐在轮椅上的英娘，倚着轮椅高高的后背，闭上眼睛，好像已经入梦。潜然说："是昨天夜里没有睡好。"嫣然不语。英娘微胖的身体坐在宽大的轮椅中，很舒服的样子，嘴巴微微张开，能听见微弱的呼噜声。外面花园里，池水已经灌满，池中有一片片荷叶随波漂动，能隐约看见粉色待开的荷花花苞已经没过池水。有老年人拿着手机正在那里拍照。一阵小风吹来，树叶抖了一抖。英娘睡了一小会儿醒来说："几点钟了？我有些困了。"潜然说："您想好了，要不要换房间？"英娘说："不换了，人与人之间都得互相迁就才行。"英娘看见了远处的荷花，有碧绿的池水做衬，花色迷人。养老院护工阿姨走过来说："吃饭了，开饭啦。"于是嫣然与潜然推着母亲上楼回房间。英娘的饭菜已经摆在了吃饭小桌上，五花三层的小炖肉和西红柿炒鸡蛋，看起来很诱人。嫣然在英娘肚皮上打了一针胰岛素。英娘用能动的左手努力揪着棉布坎肩的扣子往扣眼儿里扣，一次没成功，第二次也没进去。潜然看着母亲费劲，着急地说："我来给您扣吧。"英娘说："不行，我一定要自己扣进去。"邻床的老太太已经在吃饭了。英娘终于扣好了棉布坎肩的所有扣子，用左手抚平衣服，才拿起筷子来吃饭。嫣然与潜然告别英娘后走到楼道，楼道两侧是粉色的墙壁，墙壁拦腰处是长长的淡黄色的扶手板，这是养老院特有的设施。老年人岁数大了走路不方便，可以扶着这个板一步一步慢慢走，或扶着这个板伸伸腿抻抻筋。她们走到楼道尽头，在快到电梯处的墙上，看见挂着一块小白板，上面贴着这周养老院一日三餐的伙食。潜然说："姐，今天是周四，晚上伙食是素什锦、包子和小米粥。"两个人会心一笑，异口同声说道："营养搭配。"

明珠又怀孕了，已经五个月了，穿着宽松黑色连衣裙依然可以看出凸显的肚子。公司业务繁忙，她挺着大肚子带领自己的一支团队到上海参加商品交易展览会。她给母亲梦清发来照片，是她在上海与外方工作人员的合影。明珠告诉母亲，要她好好养身体，她的预产期是十月底，到时候等着母亲照看小外孙。文智已装修好自己的复式小公寓，房子正在通风散味。他正跟二姨父即明珠的父亲商量装修明珠买的大房子。美丽已经把买房的消息告诉了母亲，她说："我和文智商量好了，您来了跟两个外孙女住我们现在的房子。文智担心您在新房子里上下楼梯腿脚不方便。"梦洁将故乡的土撒在院子里，种上了向阳花。梦洁、梦清、梦忠三姐妹隔三岔五地视频聊天，她们相约"十一"长假还要回山东老家看看，梦洁说她要学会怎么种豆角、茄子等蔬菜。

　　冰城依然忙碌着他的事业，每天有干不完的工作，偶尔能按时回家。嫣然的第二幅油画作品已经完成，挂在了进门正对面的墙壁上。画中成片的树林郁郁葱葱，远处的蓝天白云，近处的小桥流水、溪中鹅卵石的倒影依稀可见。上高中的儿子问嫣然为什么把这幅画挂在最显眼的位置，嫣然说："单丝不成线，独木不成林……"